MW01709110

La collection
HIÉROGLYPHE
est dirigée par
Yolande Villemaire

Brunante

Herménégilde Chiasson

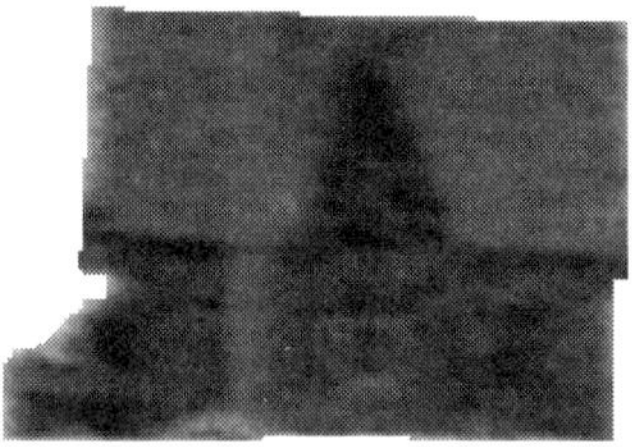

Brunante

récits

hiéroglyphe

XYZ
éditeur

La publication de cet ouvrage a été rendue possible grâce à l'aide financière du ministère du Patrimoine canadien par l'entremise du Programme d'aide au développement de l'industrie à l'édition (PADIÉ), du Conseil des Arts du Canada, du ministère de la Culture et des Communications du Québec et de la Société de développement des entreprises culturelles.

1781, rue Saint-Hubert
Montréal (Québec)
H2L 3Z1
Téléphone : 514.525.21.70
Télécopieur : 514.525.75.37
Courriel : xyzed@mlink.net

Dépôt légal : 2e trimestre 2000
Bibliothèque nationale du Canada
Bibliothèque nationale du Québec
ISBN 2-89261-268-3

Distribution en librairie :
Dimedia inc.
539, boulevard Lebeau
Ville Saint-Laurent (Québec)
H4N 1S2
Téléphone : 514.336.39.41
Télécopieur : 514.331.39.16
Courriel : general@dimedia.qc.ca

Conception typographique, montage et couverture : Édiscript enr.
Conception de la couverture : Herménégilde Chiasson
Photographie de l'auteur : Marcia Babineau
Illustration de la couverture : Herménégilde Chiasson

La photographe du Louvre

Le Louvre, sa pyramide, un dimanche après-midi du mois de septembre. Il fait chaud, elle est étendue sur un banc de pierre, son chapeau noir qui fait penser à la Belle Époque, aux photographies de Sarah Moon, elle plisse les yeux dans le soleil, un réflexe de séduction. Dans quelques instants, nous allons sortir par le grand canal. J'entends toujours des chevaux dans la cour du Louvre et je vois des panaches, des mousquetaires, toute la panoplie héritée d'une enfance passée devant la télévision à voir Jean Marais sauter sur son cheval depuis le deuxième étage dans je ne sais plus trop quel film. Elle sort.

Elle prend des photos à l'ombre, ça ne donnera rien, je pourrais lui dire tout ça et je sais qu'elle prendra trois fois plus de photos pour me prouver que ce n'est pas de mes affaires. Alors je ne dis rien. Je reste là et je regarde de loin la diligence qui s'éloigne dans la rue de Rivoli. Le roi s'enfuit.

Il fait chaud. L'hiver, on jette les excréments dans le canal. L'été, avec le soleil qui réchauffe le tout, l'odeur devient intenable. Voilà pourquoi le roi s'enfuit. Ce n'est tout de même pas encore la révolution. Pour le moment, il s'enfuit à la chasse. Il fuit le miasme. Il s'en va à Fontainebleau ou à Versailles ou à Chambord. Elle s'en fout, elle a autre chose à faire, entre autres prendre des photos, à l'ombre. Quelle époque !

Toutes les légendes circulant en même temps, l'histoire de l'art et ses superstitions permutant dans ma tête et se relayant à la vitesse de la conscience, je me retrouve devant l'immense tableau de David, *Le couronnement de Joséphine*, sous les yeux de la mère Bonaparte, toute de noir vêtue et qui appelait sa bru la *putana*. Bonaparte porte la couronne, symbole de la vanité qui le perdra. C'est ce qu'on disait dans ma famille pour expliquer sa chute mémorable. « Dieu me la donne, malheur à qui me la prend », aurait-il dit en posant lui-même l'objet sur sa tête, le prenant des mains du pape, qu'il avait obligé à se déplacer à Paris pour l'occasion. Il y a quelque chose de risible et de kitsch dans ces bourgeois à l'allure fardée, en bas de soie et tenant à la main leurs chapeaux agrémentés de plumes d'autruche. C'est ainsi qu'ils ont choisi d'être glorifiés.

En pratique, je préfère encore Ingres, le contemporain de David, même si je sais qu'il a rajouté des vertèbres à son *Odalisque*. Elle aussi, elle est là, grandeur nature, différente de la reproduction miniature des pages en couleurs du dictionnaire que nous nous passions de pupitre en pupitre. Sans doute une prémonition des pages centrales de *Playboy*. Ne manquent plus que les broches dans les fesses. Un détail sado-maso que Duchamp n'aurait pas renié. Je regarde la peinture, la pâte picturale, mais il n'y a rien qui trahit l'exécution artisanale de cette œuvre. Aucune trace de pinceaux, aucune hésitation, une virtuosité manuelle déconcertante. Je pense à la pétition signée par Ingres protestant contre l'idée que la photographie fasse partie des beaux-arts. Peut-être s'en était-il trop rapproché ? Elle prend une autre photo, mais je sais que le vernis de l'œuvre agira comme un miroir sous l'effet du flash électronique et qu'un immense nuage blanc apparaîtra au beau milieu de l'épreuve finale. Ingres sera à la fois vengé et puni.

La salle Renaissance et ses incontournables chefs-d'œuvre, surtout Mona souriant de toute son énigme derrière son écran de plexiglas. Encore là, les lampes éclairs qui fusent de toutes parts vont provoquer d'amères déceptions puisque le nuage de vernis sera ici remplacé par son équivalent moderne protégeant la Joconde des tueurs à gages qui la poursuivent depuis le château d'Amboise où elle couchait avec de Vinci. Plus tard, elle le trompera avec Louis XIV et, plus tard, avec Napoléon qui l'eurent l'un et l'autre dans leur chambre à coucher. Elle ne prend pas de photos. Elle regarde le cirque, cette bousculade, ce moment anticipé dans la file d'attente, cette vérification ultime qui permet de faire une croix dans la case des chefs-d'œuvre et de rivaliser de présence avec les siècles passés. Qui vivra verra, nos yeux attendant le moment fatidique où ils s'ouvriront à jamais.

Imperceptible et négligeable devant l'aveuglement fulgurant du chef-d'œuvre des chefs-d'œuvre, légèrement décalé sur la gauche, il y a *L'homme au gant* de Titien, son regard mille fois plus intrigant que le sourire de la dame d'à côté. La distance entre le regard et le sourire, entre cette porte ouverte sur l'âme et cet appel à la séduction. *L'homme au gant*, un tableau tout en noir, tout en deuil, hormis quelques indices esquissés dans l'obscurité, comme la pensée émergeante, la conscience du destin ou le conflit des exigences sous un orage d'éclairs dont nous n'entendrons pas le tonnerre.

Ailleurs, dans une autre salle, il y a toujours *Le scribe accroupi*, ses yeux fixant depuis tant de siècles le point où s'annulent toutes les perspectives, où se régénère le regard comme ses yeux à elle qui entreprennent leur survivance dans le champ instantané et fragile d'une mince pellicule de cellulose. Est-ce bien suffisant pour cryogéner les rêves de toute une époque ?

La légèreté insoutenable

Un soir de décembre 1990, je me souviens d'avoir vu à la télévision française un footballeur célèbre – c'était peut-être Michel Platini – qui partageait ses souvenirs de la décennie qui s'achevait. Il faisait partie d'un groupe de personnalités à qui on avait demandé de s'adonner au même exercice en commençant toutes leurs phrases par : «Je me souviens», un peu comme le livre de Perec qui porte ce titre. Platini – disons que c'était lui – évoquait divers souvenirs quand soudain il déclara : je me souviens d'avoir lu *L'insoutenable légèreté de l'être* de Milan Kundera. Je m'étais alors demandé la bombe que cela produirait si quelqu'un comme Mario Lemieux disait sur les ondes de Radio-Canada : «Je me souviens d'avoir lu *L'homme rapaillé* de Gaston Miron.»

Quelqu'un m'avait prêté l'exemplaire de sa mère. C'était longtemps avant d'entendre, un matin en France, dire de Kundera qu'il était le plus grand romancier vivant. Le commentaire provenait de Philippe Sollers sur la radio grésillarde qui me servait de réveil dans la chambre lumineuse que je partageais avec M. à la Maison des étudiants canadiens. À cette époque, j'avais lu toute l'œuvre de Kundera, mon intérêt provenant du fait qu'il ne se contentait pas de produire de belles et amusantes petites charades, mais plutôt qu'il se concentrait sur l'écriture elle-même, cette stratégie de la modernité qui met l'emphase sur le matériau, sur le sujet comme prétexte et sur l'artiste comme porteur du contentieux.

Je lisais ce livre à couverture noire où ne figurait que le titre sans doute pour ne pas contaminer la vraie rencontre, celle où les mots rencontrent les mots, une étrange symbiose qui se produit dans l'amalgame des lettres même si chacun sait que l'alphabet n'est qu'un outil. Au milieu d'un aéroport, je lisais sans me rendre compte du bruit, de la densité des corps, de la loi des fluides ou de la thermodynamique, il n'y avait que ses mots à lui et je me demandais d'où avait bien pu émerger une telle conscience. Duane Michaels, dans le débit saccadé qui l'identifie, a dit un jour, dans une conférence à laquelle j'assistais, que tous les grands artistes étaient des cadeaux au sens où ils se manifestent au moment où on ne les attend absolument pas. Kundera était un cadeau au même titre que Pina Bausch, que Bob Wilson, que Robert Frank, que Jasper Johns, Cy Twombly, Antoni Tàpies ou Josef Beuys, que Wim Wenders ou Martin Scorsese. On se demande toujours d'où ils émergent et de quelle solitude ils sont la manifestation soudaine et inespérée.

Le film est sorti en 1988. Un autre film sur un livre aussi infilmable que ceux de Proust. Il aurait fallu avoir recours à la voix *off*, comme chez Duras, pour tenir compte de l'intériorité de l'œuvre, mais on s'est attardé à l'histoire, banale comme toutes les histoires, malgré le regard troublant de Juliette Binoche et l'évocation du printemps de Prague dans les archives trafiquées qui donnent parfois à ce film la facture d'un documentaire. Pourquoi s'acharner à faire des films avec des livres alors que le contraire est si rare ? Le cinéma n'aurait-il pour lui que la popularité et cette aura de légèreté nous rendant tolérable tout ce qui s'évanouit dans les replis de notre mémoire ? Pourtant on ne compte pas le désir qu'il génère et suggère, et innombrables sont ceux qui vendraient leur âme pour voir leur nom figurer en lettres lumineuses à l'un de ces génériques que personne ne lit.

Le cinéma, art de la rupture, de l'éclat, du fragment. Pas étonnant qu'il doive fracturer notre pensée surtout quand il est relayé par la télévision, la vidéo, Internet et quoi d'autre encore. La modernité, le monde moderne est un lieu d'innombrables ruptures. C'est ce que Kundera a compris par une utilisation complexe et périlleuse de l'ellipse qui fait penser à l'œuvre de Robert Rauschenberg. La tonalité de l'image comme substitut à la couleur, l'ensemble devenant un délicat montage, un savant équilibre d'intuition et de savoir.

Je relis *Pas pire* de France Daigle et je me dis que Kundera est acadien lui aussi. Sans doute la raison pour laquelle il m'a tant marqué. Cette manière de ne pas tout dire, de laisser de grands silences, cette retenue, cette lenteur comme le titre d'un de ses livres. Cette impossible pluralité que nous reproduisons dans les livres et cette absence de convictions qui nous ralentit, qui nous fige. Cette prose persécutée qui nous confine nous aussi au silence mais qu'y a-t-il dans ce silence ? Toute la douleur du monde bien sûr mais aussi tant d'autres absences, tant de résonances, d'échos et de malaise.

Quelqu'un m'avait prêté l'exemplaire de sa mère. J'ai toujours ce livre à couverture noire. Je ne le lui ai jamais remis. Peut-être ai-je oublié, mais qu'y a-t-il dans les oublis pour nous les rendre si permanents ? C'est l'édition originale. Entre-temps, sa mère est décédée. Nous nous sommes brouillés. Non pas à cause du livre, non, ce serait trop bête, mais plutôt dans une sorte de chassé-croisé qui nous fait percevoir les failles apparentes au début de toute relation mais que l'on oublie et qui finissent par devenir si énormes qu'on finit par ne plus voir qu'elles. La douleur du rejet. Nous nous sommes réconciliés de guerre lasse, mais sous l'usure dorment toujours ces failles. On peut les percevoir si l'on porte attention au parcours de la main sur la couverture trop lisse et trop luisante de ce livre mémorable. Les ruptures apparentes que l'on oublie et qui resurgissent parfois quand on fouille dans une bibliothèque et que nos yeux croisent la tranche d'un livre aimé, oublié quelque part par quelqu'un qui le croit perdu.

La découverte de l'exigence

Mon frère enseignait à Saint-Simon, une localité de 1000 habitants, dans le Nord-Est du Nouveau-Brunswick. C'était l'époque pré-Louis Robichaud, le premier ministre dont les réformes allaient être à l'origine de la version acadienne de la Révolution tranquille du Québec.

Les écoles étaient alors financées par une taxe spéciale, un système permettant aux élèves des régions riches de s'instruire dans les meilleures conditions. Ce n'était pas notre cas. Souvent les enseignants devaient attendre leur paie car les taxes assurant leur salaire « rentraient » de manière irrégulière.

Mon frère m'avait dit qu'un de ces jours, pour me récompenser, il m'emmènerait à l'école. Je pourrais passer toute une journée dans la classe du primaire. À l'époque, il n'y avait pas de route asphaltée et l'hiver, il devenait souvent problématique de s'aventurer sur les chemins car on avait tendance à laisser la neige s'empiler. Parfois, quand il s'agissait d'amener une femme enceinte ou un malade à l'hôpital, on se laissait attendrir et on sortait la souffleuse au lieu des charrues qui se brisaient constamment dans ce genre de terrain.

C'était une petite école blanche. Il y avait deux classes que l'on chauffait au bois en hiver. Les toilettes étaient à l'extérieur du bâtiment. Il n'y avait pas d'eau courante. Dans l'une des salles, on retrouvait les élèves de la première à la troisième année et dans l'autre, ceux de mon frère, l'unique enseignant de toutes les matières de la quatrième à la huitième.

Le jour fatidique arriva et je pris place pour toute une journée à l'un des pupitres en bois qui meublaient la classe des petits, conscient du fait que j'étais pour eux un objet de curiosité. L'enseignante, une femme affable et dont je me souviens de la voix tranquillisante, prit mon cahier tout neuf et traça au haut d'une des pages un certain nombre de lettres que je devais reproduire sur l'ensemble des lignes plus bas.

Je trouvais cet exercice fastidieux, déconcertant et ennuyant. Je perdis vite intérêt. Au lieu de m'appliquer à cette tâche abrutissante, je décidai de mettre mon énergie à dessiner un agent de la police montée. J'avais appris à reproduire le chapeau de manière réaliste, c'était en fait mon seul plaisir, le reste pouvant être relégué au niveau du détail et du prétexte. Refaire le chapeau, sa forme elliptique, y insérer la tête comme un œuf qui le traverse, me remplissait d'une joie proche de celle que dut ressentir Alberti quand il formula les lois de la perspective. Comme il s'agissait là d'une découverte majeure dans le champ de mon apprentissage autodidacte, j'avais pensé en faire part à l'institutrice qui, trop occupée, m'abandonna toute la journée aux travaux de répétition traditionnellement associés avec l'acquisition des rudiments du code alphabétique, s'imaginant que je me complairais dans le devoir qu'elle venait distraitement de m'assigner.

Je me souviens qu'elle s'était appliquée à tracer à la mine de plomb toute une série de lignes pour diviser en deux les lignes imprimées en bleu sur les pages de mon cahier tout neuf, de sorte que la base et le haut des lettres soient contraints à l'intérieur d'une structure rigide. Le dessin que j'entrepris recouvrait ces lignes, créant une sorte de palimpseste, une allégorie, défigurant le grand système de transmission de la pensée occidentale. Un geste assassin sans aucun doute et très freudien dans son essence.

La configuration toute naïve de mon œuvre au crayon à mine ou à la pointe d'argent, comme on disait à la Renaissance, défiait les normes esthétiques les plus élémentaires. Je n'avais d'égards que pour la répétition d'une figure emblématique, une obsession. Une approche platonicienne de l'œuvre contrainte dans l'imitation. Le choix du sujet m'importait peu puisque seule comptait la performance au sens chomskien du terme. Faire mieux la prochaine fois, faire son possible maintenant.

Quand elle revint, vers la fin de l'avant-midi, je lui montrai mon œuvre tout ruisselant de certitude à l'idée qu'elle ne pourrait qu'être fortement impressionnée par un pareil exploit. Ma déconvenue fut grande quand je vis naître sur son visage les traits d'une certaine déception qui se traduisit ensuite par une réprobation face à mon refus de me conformer à l'exercice prescrit.

À la maison, j'avais une mère qui s'extasiait sur mes moindres « barbots » et là, je tombais sur quelqu'un qui me demandait de me conformer à son code, d'apprendre ses signes à elle pour mériter son affection ou, tout au moins, son approbation. Il y avait dans cette attitude quelque chose qui me laissait craindre que le monde ne soit peut-être rien d'autre que cette chose contraignante et dérisoire dont je me devais d'évaluer au plus vite la pertinence. Décidément il me fallait, à compter de ce jour, me retirer dans mes pensées pour reformuler ma stratégie si je voulais poursuivre et améliorer le travail rigoureux accompli jusque-là. Il le fallait sinon je risquais d'être emporté par d'autres courants d'idées, d'autres systèmes de pensées où je craignais de sombrer.

Depuis ce jour, je demeure persuadé que le fait d'être un artiste n'a rien à voir avec l'idée de plaire, mais se calibre plutôt sur l'expression d'une rigueur interne indépendante du succès, de la complaisance ou de la renommée.

Une première exposition

Une salle au sous-sol d'une bibliothèque. Ce n'est pas tout à fait le temps ou ce n'est peut-être pas tout à fait le lieu. Tout ici est improvisé. Chacun est conscient qu'il s'agit là de l'arrivée des temps modernes, et l'on fait de son mieux pour les accommoder sans trop savoir quelles sont les conséquences à long terme d'une telle entreprise. On travaille dans l'effet, dans le bricolage, dans la rupture, dans les nouveaux matériaux et dans l'immatériel, le fugace, le gestuel. On a vu Pollock et on est en retard et on ne sait trop ce qu'il aurait fallu voir d'autre. Les nouvelles nous arrivent si tard et il n'y a personne pour nous en faire l'exégèse. En attendant nous donnons dans le mimétisme.

Il y a tout de même là une volonté de voir surgir une dimension nouvelle. Certains diront qu'il y a là une contradiction insurmontable dans les termes. Comment rejoindre les autres sans perdre conscience, sans perdre pied. Nous ne savons pas que la stratégie à adopter serait celle de la citation. Insérer de tout petits vecteurs dans l'œuvre pour que le lecteur ou le spectateur se rende compte du lieu d'origine. Évidemment, il faut coder ces vecteurs pour leur attribuer le maximum d'information et d'importance. Par exemple, la stratégie des notes en bas de page adoptée par Réjean Ducharme dans *L'hiver de force*. Pour le moment, nous continuons de donner dans le mimétisme.

La modernité comme un terme générique recouvrait notre existence contemporaine. Nous voulions montrer nos beaux habits, nos belles idées toutes neuves. De l'extérieur, on s'interrogeait et l'on se disait que tout ça faisait étrangement penser à une recherche de discours et qu'il était dangereux pour nous de jouer à l'apprenti sorcier. Les Acadiens si heureux dans leur exotisme, l'habit leur allait si bien et puis cet accent chantant, pourquoi vouloir l'échanger contre une perte fatale et soudaine de leur naïveté.

Alors s'éleva un chant séculaire, puissant dans son propos, dépassé dans sa teneur, nous disant de rejoindre les déportés de jadis, que notre survie tenait du miracle et qu'il fallait nous représenter telle que le prescrivent ceux qui nous imaginent à notre image et à notre ressemblance. Nos modestes efforts furent emportés comme autant de châteaux de sable tandis que nous regardions le courant emporter l'enveloppe de nos rêves, tous ces mots éparpillés dans l'océan.

La dernière peinture

Le studio où nous dessinions était un espace vitré au-dessus, mais sans fenêtre au niveau des yeux pour que les modèles ne soient pas vus durant les classes de dessin. Au cours de la dernière nuit que j'y ai passée en 1972, je fis le vœu étrange d'y abandonner la peinture à tout jamais. L'odeur de l'huile de lin dans les ateliers se mélangeait à son corps maigre, à ses yeux, à sa solitude quand elle marchait dans son manteau de drap noir.

Dans le dernier morceau de toile qui me restait, je décidai de faire pénétrer le contenu entier d'une boîte de peinture noire de composition industrielle. Le tissu devint bientôt saturé au point où le liquide flottait à la surface. En raison des exigences esthétiques de l'époque, il était très mal vu de peindre sur la toile. Selon les canons de l'art minimal, il fallait teindre le tissu, une subtilité qui fit sans doute couler beaucoup d'encre et qui en confondit plusieurs.

Il faisait nuit, j'étais fatigué. Je revoyais son manteau de drap noir qui s'éloignait pour se perdre dans la neige, une silhouette surgie d'une autre époque ou apparue sur le quai d'une gare quelconque. Elle marchait les bras croisés sur ses seins, avec application, sa maigreur sur l'eau glacée du plancher de linoléum, se déplaçant vers des univers où la peinture n'a plus d'importance. L'odeur de la térébenthine remplissait les lieux.

Le jour allait se lever. Il n'y avait que du noir sur le tissu. Une marée de pétrole où l'on voyait les étoiles, le miroir du ciel. Alors, dans un geste de désespoir et de complaisance, mes yeux se posèrent sur une bombe aérosol, je vaporisai une ligne argentée tout autour de la masse opaque. Puis je m'écroulai sur le matelas qui amortissait les longues poses des modèles fatigués.

Je rêvai. J'eus l'impression de flotter sur une surface infinie, noire et trouble. Une sorte de prémonition. Au loin dans ma propre vie, plus tard, il y avait des bruits, une salle d'exposition en compagnie du premier ministre de l'époque. Je l'accompagnais, j'avais trop bu, je l'aimais toujours. Qu'est-ce que j'aimais d'elle, qu'est-ce que j'aimais en elle, sinon ce refus, cette absence, cette froideur. Elle travaillait dans les communications.

Quand elle mourut, personne ne prit en considération le chagrin qui l'habitait. Dans quel sombre recoin de sa vie avait-elle fait la rencontre du virus qui la dévora vivante ? Dans un dessin pour lequel elle a posé, on la voit qui lève les bras au ciel. On dirait un Giacometti, sa tension exaltante, sa silhouette en état d'apesanteur.

Et moi je suis toujours là me demandant encore le sens de la beauté, les raisons pour que la vie reprenne sans cesse le dessus.

Les anges de Dupuis Frères

Au début, il faut voir les pages du catalogue Dupuis Frères comme un espace de rêve. Bien sûr les magasins anglais nous faisaient parvenir leurs rubriques plus luxueuses et plus séduisantes, mais Dupuis Frères avec ses pages brunes et ses descriptions énigmatiques qui se transformaient, à la suite d'une période d'attente initiatique, en produits d'une beauté fulgurante retenait notre ferveur canadienne-française et catholique. D'autant plus que nous arrivions à imaginer du premier coup les objets dont la description nous intriguait.

J'avais sept ans en 1953, l'année du Congrès marial, et on promenait alors d'église en église une madone sur une remorque qui autrement servait à transporter des bulldozers. Ces visites d'une durée de trois jours donnaient lieu à de longues et bouleversantes sessions de prières hystériques, sorte de blitz religieux, sans doute pour implorer la Vierge Marie d'arrêter la progression du communisme dans le monde.

À l'école où j'allais, on nous avait incités à produire un cahier marial, recueil de montages d'images saintes et de découpes de toutes sortes allant d'angelots dont la tête sortait d'une paire d'ailes aux étoiles en papier métallique que l'on distribuait abondamment un peu partout au milieu des invocations et des prières aux couleurs pastel. Évidemment, je me devais de participer à cet élan collectif. Ma contribution, intense mais tardive, se fit avec le concours de mon frère agissant comme conseiller artistique.

Ce qui marqua mon imaginaire, c'est sans doute le contenu du colis qui arriva de chez Dupuis Frères et qui contenait le stock de 100 images religieuses toutes différentes et les feuilles d'anges sur papier gommé qui devaient servir à nos savants montages. Sans doute à l'origine de ma fascination, cette apparition angélique eut le don de m'éblouir par ses couleurs acidulées et sa profusion, beaucoup plus que par le rôle spirituel d'envoyés ou de guides du Seigneur généralement attribué aux anges.

Je revois mon père, analphabète et silencieux, qui restait prostré durant les longues journées d'hiver, regardant les catalogues pour se donner l'impression qu'il habitait un monde où le vent ne sifflait plus et où la misère lui avait fait don d'un instrument digne de sa fuite. Sans doute regardait-il plus volontiers les catalogues anglais et leurs illustrations couleurs : séduction compliquée et dispendieuse qui donne au Tiers-Monde une si belle et si fière allure dans le chatoiement coloré et vibrant des danses tribales.

Évangéline

Une entente conclue entre ma mère et moi. Elle acceptait de me financer un ensemble complet de tubes de peinture à l'huile à condition d'avoir en échange une copie du portrait d'Évangéline qui regarde au loin le rivage où l'on embarque les Acadiens pour les déporter de leurs terres. L'original peint par mon frère « longtemps passé » avait été perdu, et la couverture de *La touchante odyssée d'Évangéline* de Eugène Achard, ayant servi de modèle original, avait elle aussi disparu des archives familiales. Je devrais donc reproduire de mémoire et m'enfoncer dans les méandres de mes souvenirs pour retrouver les quelques bribes qui serviraient de repère à mon futur chef-d'œuvre. J'étais devenu à mon insu un peu comme Géricault qui, pour peindre *Le radeau de la Méduse*, se défigura le visage en se rasant la moitié des cheveux pour ne pas être tenté de quitter son travail. Le fatidique paquet arriva et je me mis à l'œuvre, travaillant d'arrache-pied sur un grand carton, en fait le verso d'une annonce de Pepsi-Cola laissée par la compagnie distributrice au magasin général de ma mère.

L'esquisse étant à peu près complétée, je décidai de m'attaquer à l'œuvre. Comme je ne voulais pas gaspiller mes petits tubes de couleur sur un si grand format, je décidai d'avoir recours à de la peinture pour maison. Je pris donc de l'émail bleu et blanc pour peindre le ciel ce qui, dans tout paysage, représente toujours une assez grande surface. Le problème, qui se précisa au cours d'une autre session, tenait à l'uniformité mortifiante d'un bleu qui ressemblait à un mur bien plus qu'au ciel tourmenté que je voulais évoquer. Je décidai donc de retoucher à l'huile la section du bleu ou le rebord des nuages, mais comme la couche du dessous était constituée d'une peinture qui scellait la surface, le pigment à l'huile n'avait plus aucune chance d'être absorbé, et je dus me résigner à voir deux esprits habiter le même tableau, entérinant ainsi une vision postmoderne avant l'heure.

Tout de même, je trouvai mon bonheur à produire des effets, que je croyais d'une complexité hors du commun, dans la représentation d'un arbre, sorte de saule pleureur dont les branches semblaient préfigurer les larmes inconsolables de mon héroïne qui, à l'avant-plan, faisait de son mieux pour convaincre le spectateur de la tristesse inouïe qui l'habitait. La deuxième trouvaille majeure de cette quête pour arracher à la matière son secret me vint quand je mélangeai du jaune et du bleu sur l'œuvre même pour produire un vert dans lequel les traces de pinceaux laissaient deviner une surface filamenteuse que j'associais à de l'herbe. En fait il s'agit peut-être là de la vraie découverte de la peinture, c'est-à-dire celle qui fonctionne comme un système capable de donner des effets et des réactions qu'aucun autre médium ne peut procurer. Un système auquel, de nos jours, on ne fait plus souvent appel si ce n'est par la redécouverte des joies du passé. Vélasquez est mort, Renoir nous laissant orphelins devant une palette de pixels dont il nous reste à découvrir et enrichir les CD-ROM. Quelqu'un d'autre un jour écrira sans doute le même constat quand les secrets de la numérisation se seront évanouis dans la nuit des temps. L'écriture étant elle-même compromise par la montée de la voix.

L'œuvre avançait lentement. Au cours de l'été, alors que j'allais toucher au but, mon frère passa un commentaire désobligeant dont je ne me souviens pas de la teneur exacte, mais qui eut pour effet de m'aveugler de colère. Je pris alors ce qui me restait de peinture sur le carton qui me servait de palette et en barbouillai une bonne partie du tableau. Ma mère fut vite alertée du désastre et se rendit sur les lieux pour négocier un autre traité de paix. Après avoir réprimandé mon frère, elle s'appliqua à me raisonner, en me disant qu'il n'avait probablement pas mesuré la portée de ses paroles et qu'il avait agi en critique partial et intéressé ayant produit la première version de l'œuvre que je m'appliquais à reproduire.

La critique, si sévère soit-elle, finit toujours par céder le pas devant la persistance de l'œuvre. Je décidai de mettre ce principe en application et je terminai mon travail. L'œuvre accomplie, j'y inscrivis mon nom ainsi que l'année, au bas du cadre noir que je peignis tout autour.

Le commentaire de mon frère est aujourd'hui oublié et j'ai toujours cette œuvre que je regarde à l'occasion pour retourner à ces moments d'extase naïve où la peinture s'est ouverte à moi comme une armoire aux sortilèges.

Je revois la figure toute triste d'Évangéline, un dessin flottant sur un fond rose de peinture émail. Je sais depuis que l'on peut facilement se perdre dans cette pâte picturale même si le dessin permet de garder toute sa tête. Si j'avais consenti à m'enfoncer dans la douleur d'Évangéline pour en saisir les crêtes et les vagues de fond, sans doute m'aurait-il été possible d'en fournir une équivalence plus bouleversante que ces traits à la peinture dérivant à tout jamais sur cette surface trop lisse.

C'était l'été, il faisait chaud, les journées étaient interminables et je manquais de tout. En ce temps-là j'étais en mon adolescence… la suite dans Blaise Cendrars et peut-être Rimbaud. Rimbaud oui. Rimbaud sans doute.

Priez pour lui

Paris nous enfermait dans son écrin de soie et de mystère. La fuite, l'exotisme, la découverte, bref l'aventure constituait notre seul prétexte. Nous avions une voiture. Elle roulait tant bien que mal sur le sentier Verlaine-Rimbaud, clairement indiqué par des panneaux où se rejoignent les figures des deux écrivains. Nous dérivions sur des routes embrumées à la recherche du mythe qui inspira la modernité naissante.

Entre Paris et Charleville-Mézières, fondée comme Québec en 1608, nous nous étions arrêtés à Reims, au pays du champagne, avec l'impression que Rimbaud n'aurait pas dédaigné ce genre de distraction. La cathédrale de la ville. Je ne pouvais m'empêcher de penser que lui aussi avait sans doute posé les yeux sur cet édifice qui, malgré son statut d'œuvre d'art, n'arrive pas à me faire oublier qu'il s'agit avant tout d'une église, lui dont la relation avec Verlaine se faisait, de son propre aveu, une gloire de faire resaigner les plaies de Notre Seigneur Jésus-Christ.

La route de nouveau reprit son cours pour nous déposer à la brunante place de la gare, le parc où l'on doit garder les chiens en laisse, le buste qui ne lui ressemble pas et une affiche qui annonce une série de concerts rock. Nous logions au Modern Hotel et le soir, avec Claude et Marcia, affamés, nous avions erré dans cette ville humide et livide et brumeuse à la recherche d'un restaurant. C'est alors que, sans doute en proie aux hallucinations fréquentes qui accompagnent les grandes faims dans le désert, nous avons commencé à voir des jeunes hommes qui lui ressemblaient. Un effet des lieux, une émanation profonde ou une banale projection de notre inconscient, personne ne saura, mais nous avions l'impression qu'il nous apparaissait, qu'il s'infiltrait dans leurs corps pour y prendre un ultime et ténébreux refuge.

Sur les murs de pierres et autour de la grande arcade qui borde la place centrale, il y avait des graffitis imprimés au pochoir et à la bombe aérosol, technique qui permet de faire plusieurs images rapidement. Une sorte de trace discrète et sophistiquée, comparativement à l'agressivité éloquente des graffitis américains faits pour pallier avec vengeance l'anonymat des grandes villes, New York en tête.

Le lendemain, ayant visité le musée et regardé couler la Meuse dans toute sa langueur, ayant fait provision de chocolat à son effigie et photographié tout ce qui pouvait attester de notre passage en ces lieux, nous nous sommes dirigés vers le cimetière, lieu de haute intensité et but ultime de notre périple.

Il pleuvait légèrement, une bruine déposant une patine luisante sur les pierres blanchies et les croix de métal aux silhouettes hiératiques qui s'élèvent tels des graffitis sur un ciel à la lourdeur élégante et inquisitoire. Nous cherchions le lieu où toute cette révolte s'était résorbée. Il est toujours là, sous un petit carré de terre sur lequel on a aménagé une petite structure en pierre, surmontée d'une croix de métal noir sur laquelle on peut lire ce curieux message : « Priez pour lui ».

Me reviennent en mémoire des pensées et des anecdotes me rappelant le destin de ceux et de celles qui parmi nous sont devenus écrivains au milieu de familles insensibles et souvent hostiles à la démarche compliquée et imprévue qu'ils et qu'elles entreprenaient. Priez pour nous. Je revois la mère des poètes de sept ans. Je pense à sa sœur Isabelle, à Paterne Berrichon, son mari, au traficotage de ses manuscrits, une manœuvre qui n'est pas sans rappeler la sœur de Nietzsche faisant subir le même sort à ceux de son frère pour les rendre plus compatibles aux idéaux du IIIe Reich. Priez pour eux.

Rimbaud, une révolte qui n'est pas sans rappeler celle de Kerouac, ses « brosses » monumentales, inoubliables, vengeresses et injurieuses dans les bars de Lowell quand il revint fatigué et déçu de cette trop longue route, cherchant dans l'alcool le secours d'une délivrance ultime. Je pense à cette tombe dans la terre américaine, une dalle de granit insérée dans l'herbe anonyme. Une tombe sur laquelle on va boire et fêter dans une sorte de rituel pour libérer le corps du charbon de la révolution industrielle ou des retombées nucléaires de la peur atomique. On y laisse de petits cadeaux, tout ce qu'il faut au défunt pour se rendre à demeure : de la poésie, de la drogue, de l'alcool, des condoms, de la musique pour que le mort ne se sente pas seul ; un tribut aux mots circulant sur les pages et qui poursuivent eux aussi leur voyage initiatique, engendrant d'autres mots et se relayant dans un désir d'affirmation du corps en mouvement aux dépens de la prostration recommandée dans les exercices de mortification.

It was the myth of the rainy night, comme l'écrira Kerouac qui lui aussi, comme tant d'autres, se réclamera de Rimbaud. La solitude en marge des machines, leur arrêt sonnant l'heure de la libération, pour s'éclater au *Moulin de la Galette* ou boire au *Bar des Folies Bergères.* Rimbaud nimbé de l'auréole du génie, possédé d'un don qui ne peut faire autrement, un talent comme de Vinci, pour voir de la beauté dans les crachats et cette manière unique de se dire qui recharge le corps dans son immense soif de langage.

Picasso, les lapsus, les trous de mémoire

On dit que Picasso durant sa période rose allait souvent au cirque Médrano voir les clowns et les acrobates et que leur spectacle correspondait alors à son état d'âme.

En y pensant je me dis que moi aussi j'aurais besoin, et que moi aussi j'aurai droit, non seulement besoin mais droit aussi, à mon cirque Médrano.

Il aurait pu y voir les acrobates de Toulouse-Lautrec, ceux de Seurat, et les chevaux, les danseuses et les nus de Degas, la tentative nébuleuse de Renoir pour retrouver la chair selon Rubens, les dimanches aux courses, à la Grande Jatte. La célèbre affiche de Lautrec où l'on voit la Goulue qui entre au Moulin-Rouge au bras de Valentin le désossé. Dans l'asile où elle est morte, n'étant plus qu'une vieille loque, au prêtre qui la confessait, elle répétait constamment : « Je suis la Goulue. »

Le monde des prostituées et des après-midi interminables passés dans les cafés bleus et verts de monsieur Manet à qui Cézanne ne voulait pas donner la main, parce qu'elle était sale, ne lui était pas inconnu.

Dans une de ses peintures d'acrobates, il y a un singe qui semble tellement humain qu'on a l'impression qu'il mange à table avec eux.

À la fin de sa vie, il s'imaginait en vieux singe peignant des femmes à la nudité diaphane et à la peau encore plus satinée que la *Maja desnuda* de Goya. Le vieil acrobate regarde son enfant qui fait un tour sur la boule. Son corps se transforme en monument. Le rose, c'est la couleur des asiles, c'est une tonalité pour apaiser l'univers. Picasso savait tout cela.

Mais pour mériter le cirque Médrano, il faut avoir passé dans une période bleue, sa période bleue.

À l'hiver 1973, épuisé et chancelant, je me souviens d'être parti pour la Louisiane dans une camionnette avec trois autres amis. Nous roulions jour et nuit. Deux jours plus tard, nous étions dans les bayous mélodieux à méditer sur de ténébreuses perspectives. J'avais lu un recueil d'articles sur le *Conceptual Art* et *C'ta ton tour Laura Cadieux*, à haute voix, en riant, sur une plage de Floride. Dans un vieux *Rolling Stone*, on disait que Lou Reed serait l'influence majeure sur la scène musicale des *seventies*.

À New York, en revenant, le Museum of Modern Art. En haut d'un escalier la célèbre et monumentale aberration froide de *Guernica*, en bleu, contre Franco, contre les avions qui pondent des obus, contre le déchiquetage et le démembrement. Une toile cruelle pour dénoncer un monde cruel, une colère naïve avec les mêmes mots quand on sait que l'horreur n'a pas de nom. Bien sûr il y a l'anecdote.

La Gestapo entrant dans son atelier et voyant la toile : « C'est vous qui avez fait ça ? » et lui répondant « Non, c'est plutôt vous ». Il y a la colère. La toile ne devait retourner à l'Espagne qu'après la mort de Franco. Il y a l'inconscience. À la suite du numéro spécial que *Life* consacrait à l'artiste, un lecteur mécontent avait écrit : « *I've always considered Guernica as my favorite cartoon.* »

Quelqu'un m'a dit que durant sa période bleue Picasso et son ami Max Jacob n'avaient qu'une seule paire de chaussures qu'ils partageaient à tour de rôle quand ils devaient sortir.

(extrait d'entrevue en cours)

– Le bleu de Prusse est la couleur à l'huile qui coûte le moins cher. On prétend que c'est la raison pour laquelle Picasso l'adoptera à cette époque que l'on qualifiera par après de « période bleue ». Il donne une teinte très froide qui n'a pas la majesté de l'outremer ni la somptuosité ou l'élégance du bleu de cobalt. On a beaucoup exagéré sur la misère de cette époque. On est allé jusqu'à dire, par exemple, que Picasso et Max Jacob, avec qui il partageait un studio, ne possédaient qu'une seule paire de chaussures et qu'ils se les empruntaient quand ils devaient sortir. Évidemment, ce genre d'allusion apporte de l'eau au moulin de l'idéologie qui veut qu'on soit misérable ou damné pour produire une œuvre de conséquence…

– Vous voulez dire qu'on a fabriqué Picasso ?

– Je n'irai pas jusque-là, mais je crois que la célébrité s'accommode très bien de deux facteurs non négligeables, soit la longévité et la malléabilité. L'artiste mondain du XIXe siècle a fait place à l'artiste révolté, angoissé et martyr des temps modernes. Évidemment, tout ceci se tient et s'entretient. Je ne sais pas si vous êtes au courant de la fortune colossale de Picasso à sa mort, mais on peut s'entendre sur le fait qu'il était, disons, à l'abri… (rires)

– Oui mais ce sont les autres qui en ont profité. La période bleue, le Bateau-Lavoir, les engelures dans les ateliers, vous ne pouvez pas nier qu'il y a là une détresse qui est bien réelle ? Il n'a vécu… que pour la peinture…

En passant il faut dire que Picasso a aussi été directeur du Prado, le plus grand musée d'Espagne avant l'exil et qu'ensuite il n'y est jamais retourné.

Madrid, le Prado. Le peintre regarde, pensif, la petite princesse dans sa robe d'organdi bleu entourée de ses nains. *Las Meninas.* Le tableau est seul dans une salle assiégée par les touristes. Au fond, un miroir, dont on ne comprend pas très bien la présence. Vélasquez, Goya, et avant eux El Greco, *L'enterrement du comte d'Orgaz.* Picasso les avait devant les yeux.

Barcelone, Museo Picasso. Dans une ruelle ombragée, Picasso a désormais son mausolée. On y voit des esquisses de jeunesse, de son père, de *Guernica*, la suite complète des variations qu'il fit sur le thème des *Femmes d'Alger* de Delacroix et sur *Les Ménines* de Vélasquez. La lumière est très belle, Vélasquez, qui peignait avec ses brosses de six pieds, aurait aimé y peindre d'autres petites princesses, en attendant

Renoir et les impressionnistes qui le prolongeront dans la fragmentation. Janson prétend que chez Vélasquez on retrouve une obsession optique de la lumière, non pas métaphysique comme c'est le cas chez Rembrandt.

Montréal, Musée des beaux-arts, Nicole Blondin. Quelqu'un a demandé un jour pourquoi Frank Stella faisait une peinture aussi rigoureusement minimale… « parce qu'il va au Met voir les Vélasquez mais ça ne sert à rien de refaire Vélasquez, alors il entre dans son atelier et il peint des bandes de couleur ».

Jean-Luc Godard, *Pierrot le Fou*. Vous vous rappelez la très belle séquence où Belmondo lit à son enfant le passage de Élie Faure : « À la fin de sa vie Vélasquez ne peignait plus que la lumière, écoute petit, écoute… »

Il paraît qu'il fallait le préparer des semaines à l'avance pour le décider à se rendre à une corrida.

Françoise Gilot, dans son livre *Vivre avec Picasso*, raconte qu'il se plaignait toujours qu'on ne voulait pas l'emmener à la corrida, qu'il était victime de gens qui ne cherchaient qu'à l'isoler et alors tout le monde se mettait en frais de l'emmener à la corrida. Il se laissait convaincre mais le jour de l'événement, il décidait presque toujours de ne pas y aller.

Il y a plusieurs allusions à la corrida dans l'œuvre de Picasso. La *duende*, c'est l'après-midi quand la mort découpe avec du sang son ombre néfaste sur le sable. Hommage à la bête, à son courage, à sa force convulsive. La fascination espagnole pour le spectacle de la mort. Hemingway aussi. *For Whom the Bell Tows, Death in the Afternoon.*

J'ai vu un jour une très belle photographie de Picasso, prise lors d'une course de taureaux donnée en son honneur. Si on ne savait pas qu'il s'agit d'une photographie, on croirait tenir une image sainte tellement il y a de fleurs et de couleurs. Et lui, il est au ciel.

Elle raconte aussi qu'il était difficile de lui dire qu'on l'aimait car il croyait toujours qu'on l'aimait pour sa peinture et non pas pour lui-même.

L'exil devait lui être doux, son enfer subventionné par l'excuse.

Picasso avait choisi de ne jamais rentrer en Espagne tant que Franco en serait le dictateur. Un exil définitif comme celui de Joyce et sa reconstitution pour *Ulysse* de la ville de Dublin, dont on dit qu'elle est plus réelle que la vraie ville, au point où l'on donne désormais des visites guidées dans le Dublin de Joyce. Il se souvenait de chaque rue, de l'odeur, de la couleur, de la lumière et des silhouettes que le soleil découpe dans le ciel quand il travaille à créer des moments mémorables.

En 1984, je me suis assis à Dublin dans un café qui s'appelait *Molly Bloom*, en ne sachant même pas si Molly Bloom avait un jour existé autrement que dans les livres. Sur les murs, on avait fait agrandir sa photo immense et on lui avait inventé une vraie vie avec d'autres souvenirs qui lui avaient appartenu. C'était un samedi soir et les Irlandais buvaient fort leur célèbre potion magique. Le soleil tombait dans les vitrines, répandant de l'or sur la Liffey et je pensais à la phrase que Joyce écrivit à sa fille quand elle se troubla comme les eaux de la rivière, flottant comme Ophélie et regardant le ciel affamé d'Irlande : « *Why do you always sit at the window ? No doubt it makes a pretty picture but a girl in a field also makes a pretty picture.* »

Tous les exils devraient être comme ceux-là. Il faudrait avoir le courage de partir pour toujours et le reste ne serait plus qu'une transe qui nous habite en sachant bien qu'il n'y a que l'errance qui puisse nous contenir. Un destin rugueux comme celui des bêtes et un cœur grinçant de souvenirs pour se lever à chaque matin et refaire le même tableau avec la même rage. Pour graver dans la toile ou le papier le son de la lumière, les voix, les visages, les repas familiers, les choses immanentes et l'odeur indéfinissable de la mer qui n'en finit plus de se transformer, de nous séduire et de nous inonder de reproches et d'absence.

Je me rappelle aussi la très belle photo de lui sur la plage d'Antibes où il tient un immense parasol au-dessus de la tête de sa femme, Françoise Gilot. Ce doit être un après-midi très calme et insouciant. On voit le vent qui souffle dans la robe de Françoise et qui enroule le tissu autour de ses jambes. Elle se retourne et elle a l'air de sourire comme surprise par une légère violence. Plus loin, derrière, on se demande ce que David Douglas Duncan est allé faire en se plaçant dans la photo. Le parasol fait toute la hauteur de la photo, le manche est très droit. Françoise est plus grande. Picasso un peu moins grand et David Douglas Duncan est tout petit. On se demande bien pourquoi… etc.

Est-il nécessaire de rappeler ici leurs noms puisque les amateurs d'histoire de l'art les connaissent toutes très bien. Quoi qu'il en soit, pour nos lecteurs moins avertis, les voici ainsi que les périodes auxquelles elles correspondent. Fernande Olivier : périodes rose et bleue ; Marcelle Humbert, qu'il renomma Éva, pour le cubisme ; Olga Khokhlova des Ballets russes : période classique ; Marie-Thérèse Walter pour le graphisme courbe des années trente ; Dora Maar et les monstres de la deuxième guerre ; Françoise Gilot pour « la joie de vivre » de l'après-guerre ; Jacqueline Roque pour la fin de sa vie – elle se suicidera peu de temps après sa mort. À ceci s'ajoutent toutes les aventures de passage et les prostituées dont il était friand dans sa jeunesse. Bien qu'il ait connu un grand nombre de femmes, on aurait tort cependant de croire que Picasso ait dépassé le nombre dont l'écrivain Georges Simenon s'est un jour vanté, soit 10 000 dont 8 000 prostituées.

David Douglas Duncan est un photographe américain surtout connu pour ses images de la guerre de Corée. C'est dans les années cinquante qu'il est admis dans l'entourage de Picasso dont il va pouvoir tirer les clichés les plus insolites. En fait, on peut dire que c'est lui qui sera largement responsable de l'image de pitre et de clown que Picasso s'est donnée durant cette époque. Il est admis dans l'intimité du peintre qu'il va photographier au bain, dans son atelier et en compagnie de toutes les célébrités qui vont déferler sur *La Californie*, un nom bien hollywoodien pour la demeure d'un peintre alors au sommet de son mythe. Dans la photo en question, David Douglas Duncan a une sorte de sourire hésitant, entre la satisfaction de fréquenter une légende et l'impression d'être entré dans le cadre par accident, un peu comme un marcheur qui veut s'excuser d'avoir peut-être ruiné une belle photo de famille entre un père et sa fille. David Douglas Duncan est aussi connu pour son livre *I Protest* sur la guerre du Vietnam qui contient des photos d'une gravité qui rappelle celles du débarquement que Robert Capa fit en 1944 sur les plages de Normandie. Mais ici la bravoure a fait place à l'angoisse et les G.I's ont peur.

Le parasol est sans doute l'élément majeur de cette composition puisqu'il est placé au centre de la photo et que ses deux rebords touchent presque les bords du cadre. David Duncan a dû procéder avec l'aide d'un ou d'une assistante ou d'un déclic automatique puisqu'il figure aussi dans l'image.

Picasso porte une chemise à fleurs entrouverte. Il y a d'ailleurs de cette époque une grande quantité de photos qui le montrent en train de peindre presque nu, sa figure trapue et son regard chauve fixant l'objectif dans une sorte de combat singulier. Ses célèbres yeux de prédateur. Les yeux de l'artiste, ce qui constitue l'essence même de son mythe. De la même manière Dali et son regard exorbité (un peu plus commercial cependant), sans doute inspiré de Picasso, qui fut son idole et qui représentait, de son propre aveu, une figure œdipienne très forte. Picasso lui-même n'était pas ignorant de ce regard et il s'en fit faire un agrandissement photographique qu'il découpa pour le compléter par un dessin de hibou.

J'ai cette photo en mémoire et je pense à ce que Françoise Gilot a écrit quand elle s'est séparée de lui. Il paraît qu'une nuit, il s'est assis sur le rebord de leur lit en parlant de petits morceaux de papier, dans une déroute quasi totale.

Françoise Gilot lui donnera deux enfants, Claude et Paloma. Elle avait vingt et un ans quand elle devint la maîtresse de Picasso qui en avait soixante-deux. Elle était dans un café en compagnie d'Alain Cluny. Picasso l'aborda en lui présentant un bol de cerises, denrée alors très rare durant la Deuxième Guerre.

Je me souviens d'avoir lu ce fragment dans une série d'extraits que *Paris Match* avait publiée pour mousser la publicité du livre. Picasso entra alors dans une colère et une tristesse qui lui firent faire des excès que plusieurs amis tentèrent de contenir. Il poursuivit la maison d'édition… ou est-ce que je ne me mêle pas ici avec le livre que Denise Ouimet écrivit après sa séparation d'avec Simenon et qui a pour titre *Un oiseau pour le chat*? Il paraît que c'est parce qu'il l'hypnotise, l'immobilisant de frayeur, la paralysant de son regard foudroyant que le chat arrive à s'emparer de sa proie.

Françoise Gilot était peintre elle aussi. Elle abandonna la peinture pour se consacrer entièrement au « génie » mais quand l'envie de faire de la peinture lui revint, elle dut confronter les foudres du génie qui, se sentant trahi, lui intima l'ordre de choisir. Elle partit en train, emmenant avec elle ses deux enfants, Claude et Paloma.

Paloma Picasso apparaît dans une célèbre photographie d'Helmut Newton. On la voit un sein nu, un verre à la main, l'air tout à fait espagnol, célèbre et recouverte du nom de son célèbre père. Françoise Gilot tire encore sa notoriété du fait d'avoir été la maîtresse de Picasso. Ses peintures sont inconnues et son destin ressemble à celui de Camille Claudel, dont la vie tragique a inspiré un film qu'elle a peut-être vu et dans lequel elle s'est sûrement reconnue.

Est-ce qu'il y avait un revolver sur la table ? L'histoire n'en parle pas.

Alex Colville est un peintre canadien qui partage avec Jean-Paul Riopelle une véritable réputation internationale. Colville produit un maximum de trois œuvres par année. Personne n'a été admis à le photographier dans son atelier où il maintient une propreté impeccable. Sur les murs, quelqu'un m'a dit qu'il avait remarqué une reproduction de *La dentellière* de Vermeer. Chaque fois qu'il termine une peinture, il la fait photographier puis il l'expédie à son marchand. L'œuvre de Colville fait surtout appel à des canons de beauté inspirés de la peinture classique et, en particulier, de l'œuvre de Piero della Francesca et de sa conception mathématique du tableau basée sur le nombre d'or. Sa technique très méticuleuse rappelle Seurat par son recours au pointillisme. La couleur dont il se sert est inspirée d'un mélange utilisé par les peintres de la Renaissance pour leurs fresques à la détrempe. On a beaucoup parlé de lui en voulant l'incorporer à une sorte de renouveau figuratif connu sous le nom de « réalisme magique » et dont Andrew Wyeth aux États-Unis est le représentant majeur. En fait il n'en est rien puisque l'œuvre de Colville se rapproche beaucoup plus de celle de Magritte bien que chez celui-ci, c'est la réalité qui est ambiguë et non les rapports que les objets établissent entre eux. La présence des animaux et des machines dans certaines de ses œuvres de même qu'un recours constant à l'autoportrait pourraient le classer dans une sorte de réalisme métaphysique dont l'atmosphère rappelle certaines compositions de Chirico.

L'une des toiles les plus célèbres de Colville le montre torse nu comme Picasso dans nombre de photographies. Il est appuyé dans l'embrasure d'une porte qui donne sur l'océan Pacifique. En avant-plan il y a une table avec un revolver dessus. Le contraste lourd du métal noir contre la chaleur radieuse du bois. Il doit faire très chaud et la scène me fait penser à la photo de Douglas Duncan. Quand je m'imagine la scène, je revois l'océan, sans parasol cette fois. Il ne reste que le vent d'été d'un après-midi des années cinquante et je continue de croire que les gens qui laissent leur revolver à traîner ont toujours l'océan dans la tête.

Post Scriptum

Je revois ce texte à la suite du visionnement de *Surviving Picasso*, le film inspiré du livre de Françoise Gilot où il est incarné par Anthony Hopkins, la séquence inoubliable où Dora Maar joue avec un couteau sur une table de café ; à la suite de la lecture d'une des dernières biographies de Picasso et de l'épilogue dans lequel on relate la destruction qui accompagnait son génie, destruction opérant même après sa mort ; à la suite de la publication par les éditions Taschen d'un coffret qui se vend partout à un prix dérisoire augmentant ainsi la portée du mythe ; à la suite de ma visite au musée Picasso pour voir l'exposition des œuvres que lui a consacrées un David Hockney fasciné par sa figure paternelle ; à la suite d'une conversation que j'ai eue par hasard avec quelqu'un qui me fit part de son indignation face à l'écart qui existe entre l'œuvre et la vie privée de ce monstre sacré qui domina la peinture du XXe siècle. Je me dis qu'au fond Picasso est devenu une autre victime du révisionnisme qui frappe maintenant les grands hommes de ce siècle. Après Einstein, Freud, Marx, Joyce, Brecht, la relation de Picasso avec les femmes fait l'objet d'une enquête exhaustive. L'œuvre laissée par les hommes, cette œuvre destinée à les sécuriser pour leur incapacité à s'incarner, se voit maintenant contestée et fragilisée par un discours qui compromet toutes chances de paix dans cette guerre incessante dont Marguerite Duras affirme qu'elle est inhérente à la condition amoureuse et problématique entre les hommes et les femmes.

Françoise Latour

Le téléphone sonna dans l'air lourd et pesant d'un mois de juillet au bord de la canicule. À l'autre bout du fil, une voix anglophone et francophile me demande si je ne connaîtrais pas le nom d'une héroïne acadienne qui pourrait donner son nom à un parfum que sa compagnie s'apprêtait alors à mettre sur le marché. L'Acadie fait vendre mais l'Acadie historique, celle qui dort bien tranquille au fond des bois ou dans l'argile de la soumission, est toujours bel et bien tapie au sous-sol de notre amnésie. Je suggérai le nom de Françoise Latour. Soudain me revint en mémoire tout un pan de ma vie et les dix ans écoulés depuis.

Novembre s'écrasait sur la plage en vagues puissantes et rebelles. Je mourais d'amour et d'ennui. Ma vie se faisait et se défaisait dans cette dentelle liquide pour se recomposer de plus belle à chaque écrasement. Tassé dans mon parka en nylon et mes bottes imperméables, j'arpentais cette plage en me disant qu'il devait bien y avoir d'autres lieux, d'autres plages et d'autres vies à marcher, à habiter à contre-courant. Nous tournions un film, *Madame Latour*, et je savais que nous étions dans un bateau en péril sur une mer mouvementée. Comment justifier chaque décision, chaque image, chaque subtilité à un producteur qui n'entrevoyait que la gloire et la fortune, obsédé par son idée naïve que l'émotion peut se fabriquer et que la vie est une réalité identique pour chacun.

Françoise Latour, épouse de Charles de Saint-Étienne de Latour, gouverneur de l'Acadie, l'un de ceux qui crurent au territoire et non à son exploitation par l'extermination des animaux dont la fourrure fut sacrifiée pour la plus grande fortune du royaume de France. Son entêtement à commercer avec les Bostonnais lui attira les foudres de la cour qui envoya, pour le remplacer, Charles de Menou d'Aulnay, neveu de Richelieu, technocrate dans l'âme et homme d'une cruelle intransigeance. Profitant du départ de Latour pour Boston, il fit mettre le siège du fort que Françoise défendit jusqu'à la dernière extrémité. D'Aulnay fit alors pendre devant elle tous les résistants et la sépara de son fils avant de l'enfermer dans un cachot où elle mourut, peu de temps après, de rage et de chagrin.

Il n'est jamais conseillé de réveiller les morts, et c'est ce que nous nous apprêtions à faire cet automne-là. La neige se mit à tomber. Nous nous entêtions. Nous perdions la continuité. Nous n'arrivions pas à faire la suite entre les séquences blanches d'un hiver naissant et brunes d'un automne finissant, tandis que les figurants jouaient aux cartes dans leurs chambres de motel en attendant que la température se stabilise et que le ciel noir, qui nous recouvrait depuis le début du tournage, se dissipe pour nous faire voir les étoiles de la miséricorde. L'esprit de Charles de Menou d'Aulnay habitait le plateau. Sa figure hiératique de dévot et de fanatique apparaissait aux moments les plus étranges, son ricanement à peine audible mais très présent s'infiltrait dans la neige, dans le froid, dans la caméra, dans les relations qui se détérioraient et dans le coût du film qui montait en flèche.

Les premières images me firent comprendre que nous allions vers un désastre. Je voulais faire le film en insistant sur les détails. Le producteur voulait que nous filmions de loin, ce qui rendait les scènes avec figurants tout à fait invraisemblables. Je voulais que la voix soit très présente en nous appuyant sur des images d'archives, des gravures d'époque ou des paysages témoins des lieux du drame. Le producteur insistait pour générer tout le métrage. Je voulais partir, m'enfuir, me sauver de cette histoire malheureuse. Contrairement à moi, le producteur était d'avis que nous allions vers la gloire, un peu comme ces personnages fous qui, dans les films de Werner Herzog, entraînent avec eux des armées de figurants sur des fleuves hostiles ou s'en vont obstinément construire des opéras dans la jungle, marchant à leur perte avec l'acharnement absurde des fanatiques.

Aujourd'hui, je ne peux toujours pas voir ce film sans me dire que Françoise Latour méritait mieux que ce traitement hollywoodien. Nous aurions pu en faire une véritable héroïne, une figure charismatique, une leçon d'histoire pour ceux qui cherchent les raisons pour lesquelles nous avons perdu tant de guerres et accepté cette défiguration historique au profit du mythe. Au lieu de cela, il ne reste que ce film bâclé dont le seul souvenir mémorable est celui de l'interprétation qu'en fit l'actrice principale dont je tombai éperdument amoureux, ses yeux d'un bleu limpide comme les vagues demeurant le seul souvenir réel et impérissable de cette entreprise si peu étanche.

Quand elle pleurait, elle me disait: «Je pleure pour elle, je pleure sur ce qu'elle a enduré.» Et au fond, peut-être qu'elle pleurait sur nous tous car nous sommes la suite de ces drames exagérés, de ces colères froides qui ont dû se répandre dans notre âme comme l'incarnation du mal ou de la grâce qui, alliée au courage, finit par faire sortir l'océan de son lit. Si seulement nous avions une infime partie de leur ferveur, la conscience que toute vie ne peut se justifier que dans la grandeur de sa perte ou de son rachat au nom d'une quelconque croyance, sinon à quoi nous servirait-il de l'investir, de la rentabiliser le plus longtemps possible, comme ces moments que nous arrivons parfois à graver dans la lumière fabriquée de notre époque et qui nous obsèdent comme autant d'erreurs et de regrets.

À ce jour, je n'ai jamais vu le parfum qui porte le nom de Françoise Latour. Peut-être qu'au-delà du temps, son bourreau continue encore de lui nier une présence à l'histoire qu'il voudrait lui ravir ou nous faire oublier.

Les Acadiens de Montréal

L'avion en provenance de Moncton se pose toujours à la cinquième porte de l'aéroport de Dorval, ce qui donne à penser à quel point nous venons de loin. La cinquième porte est la dernière au bout d'un long corridor d'où s'envolent les avions vers la plupart des directions au pays. Le seul avantage de cette porte est celui de la longue marche qu'il faut ensuite effectuer pour traverser l'aéroport en direction de la sortie, ce qui a pour effet de nous réveiller, tout en nous acclimatant à notre hors-québécitude. « Un temps passé », cette réalité fut pour moi la cause d'une grande frustration, ce qui masque toujours une grande douleur. C'est pour donner de l'élégance à ce désespoir qu'on devient ironique, stoïque et parfois cynique.

Ce matin-là, je voyageais avec une collègue de travail. Comme nous étions très en avance, nous avions décidé de faire un détour pour aller visiter une de ses amies qui s'était depuis peu installée dans la grande ville.

Elle était bouddhiste et elle avait aménagé un petit autel dans un coin de son petit appartement. Elle ne parut ni incommodée ni surprise outre mesure de notre visite soudaine, pratiquement en pleine nuit, puisqu'il était huit heures du matin. La conversation gravita autour de la méditation et divers autres sujets orientaux tandis que je me réveillais de mon mieux sur le formica de sa table de cuisine.

Tout à coup, la question arriva. Lourde, pesante, dans une boîte de plomb aux rebords cancérigènes, pénétrante comme une bouffée de pollution et tombée de la dernière pluie acide. Une question dans le registre de l'allant de soi, qui fait appel à la curiosité mais qui comporte aussi une courbe métaphysique et angoissante comme la pluie d'automne. Une sorte de degré zéro de l'expectative, un chef-d'œuvre de renoncement, une déclaration de fuite en bonne et due forme.

« Qu'est-ce qui se passe de bon à Moncton ? » De bon à Moncton. De bon. Bon. Bien sûr, il se passe toujours quelque chose, c'est le propre de la vie de s'obstiner à générer son renouvellement, bon an mal an, advienne que pourra. Mais qu'est-ce qu'elle génère de bon ? La vie ? Jean-Guy Pilon avait écrit autrefois dans la revue *Liberté*, dans un numéro consacré aux Acadiens : « Moncton est une ville laide qui doit bien être l'œuvre de quelqu'un », voulant dire qu'il est impensable que les gens laissés à eux-mêmes puissent générer une pareille horreur. Il y a tant d'ambiguïté dans les relations Acadie-Québec qu'il est désormais loisible à qui que ce soit de trouver tous les matériaux nécessaires pour se bricoler une haine ou une empathie de fabrication artisanale ou collective.

« Qu'est-ce qui se passe de bon à Moncton ? » Ceux qui ont échappé à la peste font brûler des chandelles tous les jours devant l'autel du saint qui les a délivrés du fléau. La vie leur tient lieu de fierté : ils sont conscients de leur position excellente quand

Dieu fera ses comptes. Elle faisait désormais partie de la grande ville et le soir, en regardant tourner le « gyrophare » de la place Ville-Marie, elle entendait le trafic sous ses paupières, croyant y revoir l'océan de ses étés d'enfance. Les petits plaisirs font penser que les images sont plus intenses que les sentiments qui les sous-tendent. Elle avait échappé au chiac pour s'adonner au joual. Elle ne dirait plus jamais « c'est right beau » ni « worry pas ta brain ». Elle faisait partie du Canada français, sorte d'entre-deux, de limbes linguistiques précédant l'appartenance au Québec.

« Qu'est-ce qui se passe de bon à Moncton ? » Malgré mon activité incessante, mon désir d'inventorier ma réalité jusqu'à l'aliénation et, je suppose, mon besoin d'acquérir une certaine contenance, je réalisai là mon exclusion profonde et assumée. Je serais toujours étranger aux yeux de ceux dont le seul titre de gloire est souvent celui de leur anonymat au sein de cette ville, Montréal, lieu de notre ressentiment et de nos rêves exagérés.

Durant le trajet Caraquet-Montréal qu'effectue tous les jours le Taxi Cormier, j'avais fait autrefois la rencontre d'un jeune homme qui s'en allait conduire les grosses charrues, la ville étant plus grande, la neige ne pouvait être que plus haute, les tempêtes mégatonnes et les machines égales à ces débordements. À son retour, sa parole deviendrait autoréférentielle, ses phrases proverbiales : « Sais-tu au moins à qui tu parles ? » car c'est un fait que celui qui a conduit les grosses charrues dans la grande ville a trouvé grâce aux yeux de l'Éternel.

« Qu'est-ce qui se passe de bon... » Elle était là, elle se faisait une raison de jour en jour, tirant sa subsistance de prestations d'assurance-chômage, parlant à Bouddha quotidiennement, perdue dans les vapeurs d'encens et envahie par le bruit incessant du tourbillon d'une ville nord-américaine où elle cherchait à gommer son ego, son moi profond, se demandant s'il y avait d'autres fuseaux horaires, d'autres mondes, d'autres univers au-delà du pont Jacques-Cartier, dans la poussière intergalactique qui s'agglutine pour produire de nouvelles étoiles.

« Qu'est-ce qui se passe… » Mon Dieu, pas grand-chose. J'ai déménagé pas loin de l'université. Mon chat s'est perdu dans le marais. L'autre jour, j'ai été faire un tour à la place Champlain et tu devineras jamais qui j'ai vu ? Ma mère va se faire opérer pour une cataracte. Maurice a vendu sa Tercel. Catherine a quitté son emploi. Marc s'est acheté une maison. Jean-François a organisé une protestation contre un salon de massage qui voulait s'installer à côté de chez lui. Marcia a planté un plein bosquet de rosiers. Alain a donné ses souliers à un gars qu'il a rencontré. Jean-Marie a fêté ses cinquante ans. Gérald est allé en France. La mère de Josée s'est acheté un restaurant. Roméo a construit un appartement pour sa fille. Hermé n'arrive plus à se réveiller. En fait, il s'endort dans cette chronique banale que l'autre écoute avec détachement, consciente que rien n'est comparable à la fébrilité urbaine dans laquelle il fait bon se complaire.

Je dors maintenant et je rêve d'un pays où les êtres s'accomplissent dans leurs différences, ayant fui toutes les comparaisons et aboli toutes les similitudes. Un pays où il ne reste plus qu'à inventer la pluie.

L'art et la vie

Il n'y a que deux stratégies pour se survivre : l'art et la vie. Une idée saugrenue qui m'est venue Dieu sait d'où et que j'applique ou vérifie à l'occasion. Une telle proposition ne fait pas l'unanimité dans tous les milieux, surtout quand elle est accouplée à l'idée que les femmes donnent la vie et que les hommes se sont approprié le langage dans une sorte d'angoisse « irrésorbable » à l'idée qu'ils vont mourir et qu'ils doivent, de ce fait, laisser des preuves tangibles de leur passage sur Terre. De cette supériorité, les femmes tirent parfois une sécurité inconsciente puisque la vie les établit comme porteuses de l'essentiel, une sorte de structure nomade qui ne laisse pas de ruines et qui se réinvente dans la fumée du prochain campement. Pour les hommes, la chose est moins stable puisque leurs œuvres sont assujetties aux intempéries de la nature et aux caprices de leurs semblables. Il y a peu d'œuvres, répertoriées dans les écrits grecs comme de pures merveilles, qui nous sont parvenues intactes. Nous sommes obligés de conférer à des copies ou à des chromos maladroits l'émotion qui faisait pleurer devant les originaux.

La tête des girafes est la seule chose qui nous indique, du métro, que l'on approche du zoo de

Londres. Pour la première fois, je me laissais tenter par ce genre de visite autrement déprimante, les animaux offrant le plus triste des spectacles, leur captivité devenue une injure à la plus élémentaire conception de la liberté. Cage après cage, une colonie de singes dont le derrière était enflammé jusqu'au sang, des ours polaires tournant pesamment autour de leurs glaciers de béton, une volière d'oiseaux ahuris par la surpopulation de leur jungle. Et soudain, devant la cage des orangs-outans, la vérification de la théorie – ou plutôt sa découverte ou sa formulation. C'est si loin et l'idée s'est imprégnée à un point tel qu'il est difficile de la localiser. Il s'agit d'une famille, un couple peut-être ou n'est-ce qu'une fabrication pour attendrir les visiteurs sur les joies de la vie conjugale ? Quoi qu'il en soit, un secret bien gardé. La femelle au fond de la cage s'amuse avec son rejeton, imperméable aux commentaires de la cohorte de visiteurs qui défile en s'extasiant sur l'instinct maternel. Près des barreaux, le mâle s'est mis une touffe de paille sur la tête et il fait des grimaces, tentant désespérément de faire en sorte qu'on le regarde lui aussi ou peut-être lui uniquement. Dans le règne animal où la vie s'affiche sans les élégantes théories que nous mettons de l'avant pour expliquer le mystère de nos origines ou de notre prolongement, je voyais là, dans ce spectacle naïf et piteux, les notions de l'art et de la vie dans leurs dimensions les plus élémentaires et les plus émouvantes.

Marion McCain avait demandé à me rencontrer, mais je n'avais pas l'intention de faire le voyage en voiture pour me rendre à Florenceville, siège social de la célèbre multinationale de l'alimentation et lieu de résidence de l'une des plus riches familles au pays. Elle décida donc que l'on pourrait faire chacun la moitié de la route pour se parler à Fredericton, le jour où je recevrais, des mains du lieutenant-gouverneur de la province, le prix d'excellence en arts cinématographiques. Dans l'une des salles de la Beaverbrooke Art Gallery en compagnie du directeur, j'étais tout radieux de gloire dans mon complet neuf : elle me fit part de son intention de m'embaucher comme conservateur de l'exposition qui porte son nom. Elle portait une sorte de bracelet de métal, une élégance naturelle émanait de sa présence et elle avait cette discrétion qui permet aux grandes personnes d'écouter avec indulgence ce qu'on leur dit souvent avec désinvolture. J'acceptai sa proposition. J'avais un an pour compléter le travail. Je n'avais pas deviné que le bracelet de métal était indicateur de sa santé chancelante et qu'elle ne serait pas là le soir du vernissage, son absence inscrite dans la gravité de plusieurs visages. Je devais parler brièvement devant un auditoire composé en majorité d'anglophones, mon discours dans les deux solitudes portait principalement sur le fait que l'art et la vie sont les deux seules stratégies valables pour se survivre. Marion McCain avait perdu la vie mais son œuvre se poursuivait et grâce à elle ces œuvres, solides comme les murs qui les retenaient, rempliraient notre regard jusqu'à la fin des temps.

La douceur infinie d'une soirée du mois de juillet, dans le halo de la lune qui se mirait dans les eaux tièdes de la baie toute proche, la brise légère qui envahissait les lieux, les cris d'un enfant jouant dans la nuit avec son cadeau de fête, les conversations trouées d'éclats de rire et ponctuées par les gorgées d'un vin qui coulait à flots. Elle avait ce charme et cette force excusant toutes les indiscrétions à l'égard de sa beauté, certaine de pouvoir recommencer sa vie n'importe quand, n'importe où. Entre-temps, elle se disait à l'abri de tout danger car elle se déplaçait, lestée, quoi qu'il advienne, de ses cinq enfants. Une telle perspective avait l'avantage de mettre en fuite les plus ardents séducteurs. Je lui dis que je n'avais rien fait de comparable, mon monde fragile ne comportant que des incidences, n'ayant pas le mystère et la portée de la vie qui se métamorphose sans cesse d'énigmes en énigmes toutes aussi bouleversantes. Une sécurité à toute épreuve. La cause de cette assurance sereine lui venait sans doute de cette immersion constante dans l'émotion et la tendresse, cette fontaine qui jaillit sans cesse et qui se régénère dans la vie. Une femme à côté d'elle qui n'avait pas et ne voulait pas d'enfants lui dit que cette théorie n'avait aucun sens et qu'il s'agissait encore là des lubies récentes d'un cerveau irrémédiablement masculinisé. Mai elle était au-delà de la séduction et elle se retourna vers la baie pour voir la mer implacable et quelque part éternelle. L'enfant qui jouait s'arrêta, suppliant sa mère de continuer, insensible à l'aveu de la fatigue dont elle lui fit part. La vie oui, mais pourquoi l'art anonyme des femmes ? Celui accompli dans la générosité et la discrétion la plus émouvante ; fragile, souple, efficace et puissant comme la vie quand elle bouscule tout sur son passage.

La route de Basel

Paul de Tarse fut renversé de son cheval sur la route de Damas en entendant la voix de Dieu lui dire : « Paul, pourquoi me persécutes-tu ? »

Nous étions passés par Basel, en Suisse, en route pour Budapest, voir l'amie d'une amie qu'on nous avait recommandée comme étant une excellente cuisinière et pour voir le Musée des beaux-arts. Nous voyagions alors tous trois dans une vieille Peugeot 61, tenue par la rouille et qui filait à vive allure dans les hameaux mais le plus souvent sur le boulevard périphérique où, lancée à toute vitesse, elle prenait des allures morbides de cercueil roulant. Notre goût des voyages l'emportait sur notre crainte innée de la mort.

C'était un dimanche après-midi. Dans la boutique du musée, je me souviens encore de cette très belle litho de Jasper Johns, *Painting with Balls*, que je me reproche toujours de ne pas avoir achetée, me disant sur le coup que je la retrouverais sûrement ailleurs à un moment où je serais plus riche, même si ce genre d'aubaine ne refait jamais surface. C'était l'époque où je voyais quantité de beaux et séduisants objets tandis que l'argent me faisait cruellement défaut.

Au sortir du musée, la faim aidant, nous avons repris la route vers la maison de la célèbre cuisinière. Manquant de directives, naviguant à la noirceur dans une ville aux signaux incongrus, la voiture s'engagea, bien malgré nous, dans une rue à sens unique. La police, qui souvent n'est jamais bien loin, nous arrêta sur-le-champ pour nous emmener au poste où l'on procéda à une fouille complète de nos biens et possessions qui se fixa sur notre passeport, élément incontournable et énigmatique de notre identité.

Avec notre connaissance très fragmentaire de l'allemand, nous comprenions que le problème semblait provenir de nos visas pour la Hongrie et la Tchécoslovaquie à l'époque où le rideau de fer était encore bien lourd et bien tendu. La discussion semblait prendre des relents d'éternité quand l'un des policiers nous remit nos affaires en nous disant qu'on allait nous reconduire à la frontière et qu'il serait dans notre intérêt de ne plus revenir en Suisse. Leur décision s'appuyait sur un argument incontournable : notre voiture était trop sale. Ce qui, à bien y penser, avait énormément de sens.

La voiture, elle, nous fit défaut à Budapest. Je me souviens du fou rire du mécanicien, sous le monte-charge les bras en l'air, s'esclaffant en hongrois et qui devait rire de nous, je présume, ou de notre véhicule, le mot Peugeot ponctuant son hilarité. Au même garage, un diplomate canadien nous donna quelques précisions sans conséquence sur la vie en Hongrie. Au dehors la ville exhalait une odeur de charbon. C'était l'hiver, mais il ne neigeait pas. Le sommeil des gardiens dans le Musée national des beaux-arts. C'était l'époque où j'avais les cheveux longs.

Lecture de Cendrars

> Et j'étais déjà si mauvais poète
> Que je ne savais pas aller jusqu'au bout.

Un homme berce son enfant dans un appartement situé en face d'un cimetière. Il faut voir que c'est un homme qui marche. Il marche toujours et dans ses déambulations lui viennent toutes sortes d'idées sur la vie, l'art, les images qu'il pourrait faire et les chimères, je présume, qu'il entretient face à son parcours. Pour se rendre en ville, il doit traverser le cimetière puis un grand champ porteur de tous les secrets. Une nuit, dans le cimetière, au milieu des tombes, un immense chien noir s'est levé debout sur ses pattes de derrière pour le pousser dans le dos. Il ne sait pas s'il s'agit d'un rêve mais il a senti tout son sang se figer et l'ombre du chien s'est enfuie dans le mystère de la nuit, zigzaguant entre les tombes et les ombres inquiétantes.

Un homme berce sa petite fille en lui faisant la lecture de textes qu'elle ne peut comprendre, s'endormant dans la voix du père. La voix devient une sonde dans cet appartement peuplé du bruit de toutes les douleurs, de tous les pleurs, de tous les murmures à travers ces murs trop minces. Et la voix poursuit son voyage éphémère dans les méandres du temps. L'homme lit. La poésie est nouvelle. Elle est en train de se faire. Elle est l'écho de tout un monde qui s'éveille et qui se découvre une voix. On y parle de rivière à posséder et de langage à inventer, de dignité à reprendre, d'amour et d'infini. Quand il est fatigué de ces doléances, l'homme lit quelque chose de très ancien, quelque chose qui le rassure dans sa croyance indéfectible à l'effet qu'il va habiter ce siècle, qu'il faut en mesurer les paramètres et en consigner l'émouvante fragilité. « Quand on voyage on devrait fermer les yeux / Dormir / J'aurais tant voulu dormir. » Cendrars ou Apollinaire. *La prose du Transsibérien* ou *Alcools*. Qui a inventé quoi avant qui ? « Et pour la prose il y a les journaux. » Une phrase écrite avant que Duchamp ne signe le célèbre urinoir qui transformera l'art du siècle naissant pour en faire un réquisitoire en faveur de la vie. La poésie comme intuition géniale, la première conscience.

Plus tard, le père apprendra que Cendrars est celui qui a inventé cette prose spontanée poursuivie dans l'œuvre de Céline puis de Kerouac en Amérique, celui-là même qui assignera à son œuvre la mission « d'accoter Céline et Joyce ».

La voix du père devient musique. Il lit *Le bateau ivre* et il se demande comment réconcilier la musique de Rimbaud avec la psalmodie de ceux qui vivent à rebours du siècle. Comment s'enfuir, comment durer, comment accoter cette musique et faire en sorte que les mots deviennent réels, palpables et denses comme des feux de détresse. Faire en sorte que notre contribution devienne notoire au lieu d'être négligeable ou si souvent négligente.

Les craies de cire

Il y avait des planches empilées devant la maison qui formaient une sorte de structure en triangle et qui séchaient en vue d'une construction future. Les arbres avaient été achetés puis transportés au moulin. On les avait sciés et maintenant ils attendaient, transformés, que la chaleur fasse son œuvre. Ma mère est partie à Caraquet. Elle est allée chercher des craies de cire. Je sais bien qu'elle est allée pour autre chose mais, dans mon esprit, elle n'est allée que pour moi, pour me rapporter des craies de cire. Leur odeur qui s'installe. C'était l'été interminable et marquant d'une enfance dans les années cinquante.

Je m'extasiais devant les dessins des livres à colorier du 5.10.15 Robichaud. Pourrais-je un jour atteindre cette maîtrise ? Avoir cette sûreté, cette précision, cette élégance dans le trait et la vivacité de la ligne. Mon admiration me paralysait au point où je n'osais plus maculer de mes craies maladroites le papier bon marché sur lequel étaient imprimés ces chefs-d'œuvre.

Un de mes collègues enfant avait appris à colorier en mettant une couche de cire très fine sur la surface pour ensuite souligner plus intensément, avec la même craie, la ligne du contour. Je restais en admiration devant ce travail de maître, cette délicatesse, cette découverte d'un style et d'une innovation rivalisant avec la subtilité d'un Fra Angelico. Il ne cherchait plus, il avait trouvé et désormais il se complaisait dans une sorte de démonstration arrogante, se contentant de modifier les couleurs et de faire en sorte que le miracle advienne. J'enviais sa maîtrise, son style.

Depuis longtemps j'avais maîtrisé l'art de faire en sorte que la couleur ne déborde pas des lignes du dessin. Désormais, ayant fait la démonstration de mon savoir, je voulais pousser plus loin. Je travaillais cet été-là sur des notions de perspective, tâchant de faire surgir, au moyen des ombrages, la troisième de la deuxième dimension. Je m'acharnais à cette recherche de fond quand je découvris un filon de bien plus grande envergure. Une démarche qui englobe la notion même de la peinture, qui la résume et qui lui donne, avec la lumière, cette qualité intangible et imprenable sinon dans le vécu même, sur les lieux exacts de l'œuvre. La couleur alors devint le centre de mes préoccupations.

Je remarquai que le pigment avait une densité et que chaque couleur obéissait à un phénomène de fragilité et de résistance qui lui donnait un ordre de préséance dans son application. Le rouge couvrant le jaune, le bleu couvrant le rouge. On pouvait mélanger ainsi les couleurs jusqu'au noir qui annulait tout espoir de recouvrement. Je fis part de mes recherches aux enfants que je connaissais et je réussis à garder leur attention au moins pour le temps de ma démonstration mais peu de commentaires firent suite à mes savantes expériences.

Dans un lieu éclairé par deux arbres lumineux de lampes au quartz, un artiste travaille toujours à refaire la couleur comme on refait la glace entre les périodes. Il est loin de cet été des années cinquante quand il ignorait le *dripping* de Pollock, les toiles trouées de Fontana ou les abstractions noires et blanches de Borduas et qu'il s'amusait avec des crayons de cire dans une cabane en triangle faite de planches qui séchaient au soleil. Bien sûr, il conserve toujours cette fascination pour ces boîtes en étages, où sont étalés ces bâtons de couleur, mais il ne lui viendrait jamais à l'idée de s'en servir dans une œuvre de conséquence. Quelque part, il a entendu dire que leur pigment n'est pas stable et qu'il faut travailler pour la postérité. Ce sont des objets qui ont une beauté en soi, une fascination proche de la recherche du temps perdu.

Cette fascination et cette transformation. La couleur se retrouvera chez Renoir, Matisse ou Warhol ; le dessin chez Dine, Hockney ou Beuys ; la peinture chez Johns, Tàpies ou Twombly. Pourtant ce sont les mêmes yeux. Que s'est-il donc passé ? Si l'on pouvait voir comme on a vu la première fois et entendre les mots tels qu'ils nous sont apparus, vibrants de mystère et luisants de séduction, l'intensité des premières sensations servant de refuge et de références ultimes, alors sans doute nous pourrions oublier le sens pour nous concentrer sur la fulgurance de vivre en toute intensité.

Cette perturbation et cette réinvention. Nous qui provenons des espaces coloniaux en attente des nouvelles de la métropole demeurons inquiets et hargneux dans le rapport de forces qui nous désarme et nous limite. Nous pourrons toujours brandir nos craies de cire contre la solidité des chefs-d'œuvre.

L'arbitraire peut nous donner une belle contenance mais nous devrons tôt ou tard manœuvrer dans les eaux troubles où s'agite l'intimité sereine de l'enfance face au terrorisme des idéologies.

Un jour j'ai rencontré une femme dont le parfum me rappelait celui des craies de cire. Je lui en fis part, sans autres commentaires, comme du plus beau compliment qu'il m'était alors donné de faire. Une sorte de retour aux sensations fraîches et neuves de ces étés où l'herbe était haute et verte jusqu'au bleu. Une nature, un paradis terrestre où l'on pouvait enfin retourner se cacher. Pour donner suite à la conversation, elle m'acheta trois craies de cire dans un emballage en plastique transparent. Rien de comparable aux boîtes jaune orange que la compagnie Crayola conserve toujours. Chaque bâton était formé de trois couleurs agencées dans un ordre que je n'arrive pas vraiment à saisir. L'odeur seule me fascine, n'arrivant pas à briser le sortilège qui fait de ces objets le reposoir modeste d'une obsession et d'un désir dont l'énigme transcende l'anecdote.

La compagnie Crayola vient récemment de mettre sur le marché une nouvelle sorte de craie dont le pigment est plus concentré et le support plus mou. Il y a lieu de s'en servir pour produire de superbes dessins. Après toutes ces années, peut-être est-il temps de reprendre une recherche interrompue il n'y a pas si longtemps par une étude un peu trop accaparante de l'histoire de l'art, du mythe de ceux qui en prolongent les conséquences et les gains, de ceux qui insistent pour qu'elle nous indique les chefs-d'œuvre à acheter et les profits à espérer.

L'air du temps

Fut un temps où je pouvais marquer un billet de métro de la RATP avec mon ongle, créant ainsi des rebords que je repliais pour en faire une petite boîte. J'avais appris à découper des verres de *styrofoam* avec mes dents, prenant un soin méticuleux pour ne pas briser les anneaux résultant de ma manœuvre. Je faisais des photos destinées à illustrer une anthropologie de la vie contemporaine, comme la manière dont il faut s'y prendre si l'on veut fumer une cigarette. Je vaporisais des panneaux couleur orange avec de l'essence d'orange, voulant prouver que la neige est blanche et le ciel, bleu. De ma main droite, j'attachais ma main gauche, la serrant jusqu'au paroxysme avec un lacet dans le but de lui faire avouer son infériorité. Je prenais des photos de toutes les parties de mon corps photographiables pour produire une sorte de géographie de mon paysage. Je voulais vendre des lignes au pied courant, des peintures au pied carré, des sculptures à la livre, des regards à la seconde et des empreintes de mes mains. Je croyais devenir artiste en produisant les artifices de la vie de vedette. Je photographiais le ciel au-dessus de la ville, croyant ainsi établir un témoignage de la perte irréfutable de vingt minutes de ma vie. Je voulais agrandir et signer ma signature. Je traçais des détails de photographies que je décalais en relation avec l'original exposé sous papier calque. Je mélangeais l'image de mon visage aux paroles de chansons à la mode. Je faisais des timbres commémorant mon travail, des cartes postales commémorant mon œuvre et des articles commémorant ma mort. Dans la rue, je ramassais les détritus que je remettais sur des photographies du trottoir avant et après leur prélèvement. J'archivais avec une précision archéologique les plis dans un mouchoir de papier. Je produisais des textes savants sur les intentions avouées ou intentionnelles de ceux qui se masturbent sous des plates-formes. J'assistais à des conférences où les orateurs mettaient la main dans leurs sous-vêtements pour en faire éjaculer des confettis, debout sur les tables en criant à qui mieux mieux : « Du sperme, du sperme. » J'organisais des concours avec des prix décevants et des repas avec des tourtières de trop. Je publiais des recueils d'injures, des exercices à faire quand on est nu et je m'abîmais devant l'image d'un tigre qui saute sur une femme, toujours la même, mangeant, courant et rêvant avec elle. Son parfum, *L'air du temps* de Nina Ricci, ses yeux sous la verdure, son rire dévastateur. La fois où Riopelle est venu nous voir, la fois où j'ai vu Barthes aux Hautes Études, Deleuze à Vincennes, Lévi-Strauss au Collège de France, l'odeur des gitanes dans les couloirs de l'aéroport et plus tard Paris où nous avions tous du génie (oui, oui, Aznavour) le diable au corps et du temps à perdre.

L'abstraction lyrique

Art in Europe since 1945, un petit livre anodin acheté dans une vente-débarras avec des reproductions approximatives d'une modernité qui avait pour nom Expressionnisme abstrait aux États-Unis et Abstrait lyrique en Europe.

J'aimais les nuages noirs de Hans Hartung, les forêts multicolores de Jean-Paul Riopelle, les trous noirs de Lucio Fontana, les graffitis d'Antoni Tàpies, les paysages limites de Nicolas de Staël. Pour un temps, leurs noms ont pratiquement disparu de l'histoire de l'art.

De l'autre côté de l'océan, il y avait un pays en train de s'imposer face à un continent, face à l'univers. C'était l'après-guerre. Les paranos disent que la CIA avait un plan pour déstabiliser et contrôler l'Europe en lui imposant, à travers ses artistes et ses intellectuels, une idéologie qui tôt ou tard finirait par être rentable. La culture comme arme, la séduction comme combat.

J'aimais les lignes énergisantes de Jackson Pollock, les lignes tendues de Franz Kline, les lignes minimales de Robert Motherwell, les lignes colorées de Clyfford Still, les lignes enchevêtrées d'Arshile Gorky. Des lignes, la suprématie du dessin sur la masse, sur la pâte. Le plan se prenant pour l'édifice. Un art naïf issu du coloriage. Ce qui fait la grande peinture, c'est toujours la lumière. L'ampoule électrique de Jasper Johns.

Je n'aimais pas les formes fondantes de Mark Rothko ni les champs de couleurs de Barnett Newman ni les voiles irisés d'Helen Frankenthaler. Je peignais dans un sous-sol des pierres que je transformais en gâteau, un peu à la manière de Claes Oldenburg. Je fréquentais une université anglophone. Le professeur qui eut sur moi une influence déterminante avait été formé aux États-Unis, à UCLA. Il aimait la sobriété de Rothko, le dépouillement de Newman et l'exubérance de Frankenthaler. Pour les autres, les *loosers* comme il les appelait, il n'y avait point de salut. Dans la guerre des ismes, leur cas était en voie de réévaluation. Il fallait être patient. L'histoire n'est jamais pressée. Elle a son pas, sa marche.

C'était les années soixante-dix, l'après-guerre n'était plus qu'une abstraction malheureuse, un refus global dont nous étions alors les produits contestataires. Il devenait impérieux de connaître et suivre le courant et vivre avec son temps pour vivre longtemps.

L'art n'est pas une affaire de mode mais d'émotion. Il y a 20 ans d'écart entre 1950 et 1970. La question cliché. Qu'est-ce que vingt ans dans l'histoire de l'humanité ? Une génération. Il y en aura d'autres. Remettre le monde en perspective et tâcher de voir l'avenir comme le prolongement improbable du passé. Le genre de conclusions auxquelles on aboutit en se disant que le temps n'est pas de l'ordre de l'horizontal mais de l'immanence.

La rétrospective Duchamp

Les routes glacées jusqu'à la frontière du Tennessee, une course à relais. La fourgonnette achetée à un gars de Memramcook et le système compliqué qu'il avait mis au point pour y installer les lits, permettant ainsi à deux des quatre conducteurs de dormir. En Louisiane, le musée de St-Martinville, la magie de Marie Laveau, la guide qui vantait les mérites de la Déportation, le chêne du dernier baiser d'Évangéline, l'air lourd et translucide jusque dans la verdure glacée des cartes postales. Le robineux qui nous avait recommandé la bouteille de Mad Dog que nous avions bue pour l'expérience. La Nouvelle-Orléans et ses pièges touristiques, les vieux noirs du *Jazz Preservation Hall*, les *oyster bars*, le rouge des lumières bavant sur la ville. Les *Hurricanes* au bar de Pat O'Brien et le verre à 65 $ US qu'un groupe d'étudiants, en cercle et en vacances, buvaient avec une paille, un rituel de la salive et du souffle se confondant dans le rose sirupeux du mélange. Les chaufferettes électriques qui réchauffaient la terrasse. Le soir de Noël, l'unique décoration improvisée et les écrevisses qui marchaient en rond dans l'eau bouillante. Les Cadjens qui dansent, la musique qui ramène une sexualité trouble et de bon aloi. Les hôtels dans le sable de Miami Beach comme une musique décadente. Son maillot est mauve et, quand elle se lève, les yeux autour se lèvent avec elle, son corps est un mantra, un voyage au bout des rêves. L'odeur étourdissante de l'huile solaire confondue au parfum de sa sueur. L'hôtel *Iroquois* de New York, la barre horizontale qui sautait dans l'écran d'un téléviseur noir et blanc, l'air froid faisant onduler la dentelle de polyester, les vitres sales, la ville toute floue, le débraillement du garçon d'ascenseur, son *ghetto blaster*, son arrogance. Cette nuit-là, il y eut sept meurtres dans la ville. Somme toute une veille du jour de l'An paisible selon les bulletins de nouvelles. Le Museum of Modern Art, enfin. *Les montres molles* de Dali, *Broadway Boogie-Woogie* de Mondrian, les *Nénuphars* de Monet pour aboutir à la rétrospective Marcel Duchamp, l'un des trois artistes majeurs de ce siècle, les deux autres étant Picasso et Matisse. Tous des Français ou presque. L'inframince comme source. Des cultures de poussière sur une vitre, des uniformes en fil de plomb, de l'air de Paris en bouteille, des dessins à faire tourner sur des tourne-disques, une tonsure en étoile, des objets élevés par la signature au rang d'œuvres d'art, des parties d'échecs nulles, des personnages éclaboussés dans des escaliers. Des œuvres séminales, génératrices, énigmes marquantes et provocantes de fascination. Une cage à souris remplie de cubes de marbre pour confondre l'œil et lui faire croire qu'il s'agit de cubes de sucre. *Why not sneeze ?* Ce titre curieux, lui qui parlait mal l'anglais et qui sourit derrière son cigare, nous laissant seuls dans un monde insensé.

Malraux

Moncton. Palace Grill.

En entrant, derrière le comptoir, on voyait toute une série de photos montrant le propriétaire avec les célébrités de l'époque. Miss Canada, Stan Mikita, *You name it.*

Sur les murs, il y avait ces paysages de rigueur dans tous les restaurants chinois, broderies aux couleurs acides, intenses, *sweet and sour.*

Les tables étaient savamment disposées de manière à créer des sortes de cagibis ou d'alcôves recouverts de mélamine imitant le bois.

On pouvait monter un escalier pour se retrouver dans une salle complètement sombre où le soleil n'était plus qu'une rumeur. Après quelques minutes, le temps de laisser nos yeux se détendre à l'obscurité, nous pouvions commander de la boisson et laisser le temps passer tandis que la bière descendait son long périple allant du verre à la porcelaine des toilettes.

C'est là où un jour je me suis assis avec un ami qui revenait d'Europe. Je n'étais jamais allé bien loin et je l'écoutais parler comme s'il s'agissait d'un Marco Polo des temps modernes. Les femmes qu'il avait connues, les us et coutumes étranges de ces gens qui parlaient notre langue et dont nous appréhendions l'existence dans des films gris et compliqués qui nous parvenaient la nuit à l'heure où nous revenions enivrés de nos interminables vagabondages nocturnes. Il n'avait pas pris l'accent. C'était la première fois que je retrouvais quelqu'un parti et revenu sans se mépriser d'être aussi vulgairement américain.

À Noël il s'était rendu au Mexique voir Ivan Illich. Il était revenu convaincu qu'il ne ferait jamais la révolution et que le salut résidait dans un départ perpétuel car toutes les révolutions ayant échoué, il ne restait plus qu'une errance continuelle pour parachever le cycle de la vie apatride qu'il s'était juré d'adopter.

Il ne restait plus entre lui et la vie que le monde et ses merveilles.

J'avais été malade. Trois semaines dans un hôpital, seul, à lire *La condition humaine* de Malraux. Ma chambre donnait sur une autoroute et la nuit les phares des voitures dessinaient des ombres chinoises sur les murs. Je m'étais séparé d'un amour durant cette longue maladie. Le souvenir inoubliable de son retour. Le premier chagrin comme une obsédante douleur. La scène où l'on se divise le cyanure. Il n'y avait pas d'amour dans ce livre. Une histoire d'hommes qui meurent pour des principes, politiques ou autres. Qu'est-ce qu'un grand livre ? Sa silhouette fragile dans la chambre, ses mots flous dans le verre déformant de ses larmes et ma vie qui se déformait à longueur de nuit dans ces étranges silhouettes que projetaient les phares des autos sur les murs de ma chambre. Le film à rebours de ma vie, le film en avance de ma vie.

Et je voulais écrire des livres.

Premier voyage de Nixon en vue de rétablir des liens diplomatiques avec la République populaire de Chine.

Soudainement la Chine s'est mise à exister dans toutes les revues lustrées des tigres de papier glacé d'Occident.

J'ai en mémoire cette œuvre de Les Levine basée sur une photographie qui montre Nixon en train de manger avec des dignitaires, faisant état de son inquiétude devant la nourriture chinoise, son malaise évident à l'idée de manger avec des baguettes, tout son corps qui projette un langage qu'il ne tenait surtout pas à articuler.

Sur une autre photo magnifique, on le voit assis à la poupe d'un bateau avec en arrière-plan le Yang-Tseu-Kiang majestueux dans sa sérénité éternelle, gris comme un lavis à l'encre de Chine, entre tous ces Chinois au regard béant où les Américains font figure d'extraterrestres. Nixon, son visage crispé. Une alerte aux souterrains. Est-ce qu'on aurait pu l'imaginer se baignant avec ses plus proches collaborateurs dans les eaux du Mississippi ?

Qui aurait pu dire qu'il serait un jour destitué pour une banale affaire d'écoute électronique concoctée par une bande de plombiers maladroits ?

Pourtant, cet après-midi-là, il faisait si beau, un calme inerte de vieille photo tranquille et silencieuse descendait le fleuve…

Le silence qui se faufile entre les plats.

Paris. Cité universitaire. Maison de l'Allemagne.

Sur son mur, elle avait posé une photo prise au début du siècle d'une petite prostituée dans un bordel de Chine, et ça lui rappelait vaguement l'Allemagne et les graffitis dirigés contre tous ceux qui s'opposeraient à la bande Baader-Meinhoff.

Kristeva avait appris le chinois pour s'y rendre.

Barthes en était revenu déçu.

Nous achetions des posters de la révolution chinoise. Durant longtemps, j'en avais un sur le mur de ma chambre pour que je puisse l'avoir devant moi quand je m'assoyais entre deux secousses et me faire croire que je faisais alors quelque chose d'essentiel et d'important. L'image, imprimée sur papier bon marché, représente des gens heureux qui traversent un pont, et ça me rappelait les illustrations aux couleurs acides que je contemplais durant des heures dans mes livres d'école où je m'aventurais inlassablement, me perdant dans des rêveries sans retour.

C'est quoi au juste vouloir, avoir, garder ou défendre sa foi ?

La Chine, c'est encore et toujours le livre inépuisable des merveilles, celui pour lequel on finit en prison pour y avoir trop mis de rêves.

En Chine, à l'époque, les galeries d'art n'existaient toujours pas et les entreprises culturelles non plus.

Seule subsistait la naïveté de produire des icônes et des ex-voto. Des images idolâtres, au fond.

Plus tard Kristeva de retour des États-Unis, de la Columbia University, faisait état de la grande naïveté des Américains qu'elle devait sans doute trouver plus tolérable que celle des Chinois.

Pourquoi l'Europe est-elle toujours en quête de terres à découvrir ou de naïveté à analyser ?

C'est quoi au juste avoir la foi ?

Paris. Près du métro Luxembourg.

Nous mangions au restaurant *L'empire céleste* en disant à tous que Françoise Mallet-Joris habitait en face. Le restaurant où nous mangions portait le même nom que le titre d'un de ses romans.

Le menu était miméographié et les Chinois écrivaient les commandes sur des nappes de papier. Les clients faisaient leurs factures et le Muscadet était bon, pas cher non plus. Un soir de jour de l'An chinois, nous étions allés manger en espérant y retrouver quelque chose d'exotique dans une célébration quelconque. Ils travaillaient comme d'habitude. Rien ne changeait. À la fin du repas, nous leur avions souhaité la bonne et heureuse année, mais c'est à peine s'ils firent mine de nous avoir entendus. Il n'était pas question de mélanger les coutumes. Même en Occident, la route de la soie demeurait un mystère.

Ceux qui sont familiers avec l'œuvre de Françoise Mallet-Joris nous ont confirmé cette information, mais comme nous n'avions pas lu un seul de ses livres, je ne saurais dire si c'est vrai ou non. En fait, je ne connais d'elle que les chansons qu'elle a écrites pour Marie-Paule Belle, et je me doute qu'il y a un écart entre ce que Malraux écrivit de la Chine qu'il a parcourue et cette Chine qu'elle a vue du haut de son appartement, et nous de la salle à manger. Quoi qu'il en soit, le mystère subsiste.

« L'un revient quand l'autre vagabonde. »

Je suis revenu manger à *L'empire céleste* par une nuit froide et pluvieuse du mois de janvier 1980. J'étais seul. À la table d'à côté, on parlait des ordinateurs et à quel point les enfants peuvent maintenant nous dépasser en les manipulant. Ils sont voués à l'illumination qu'accorde au génie l'extrapolation des secrets de la matière.

Les Chinois prennent toujours les commandes sur les nappes en papier et l'endroit, vidé de son ambiance et de son mystère, résonne encore du son des conversations dont l'écho s'est estompé dans le reflet blafard des mosaïques de nacre qui ornent les murs du restaurant.

Mais qui s'en soucie vraiment ?

Paris. Cité universitaire. Maison du Canada.

Un matin j'ai entendu dire à la radio que Mao, à l'occasion du jour de l'An chinois, avait calligraphié les noms de ses plus proches collaborateurs.

Il m'est alors venu l'idée d'écrire le nom de mes proches, mais d'écrire comme la présence même de la personne, sa résonance, son portrait injecté dans l'écriture. J'avais écrit son nom à l'aquarelle en tant que ma plus proche, ma plus bouleversante et ma plus précieuse collaboratrice.

Je voulais écrire le nom de tous mes amis et de tous les gens que j'aimais pour voir si, dans le tracé des lettres qui composaient leurs noms, je ne découvrirais pas les raisons de leur présence rassurante dans mon espace affectif.

Finalement je n'ai écrit que le tien en rose, jaune et bleu aussi beau que ces cœurs de Jim Dine qui, depuis cette époque, m'éclaboussent encore les yeux, la mémoire et les souvenirs comme autrefois sur les murs de la galerie Sonnabend.

J'ai vendu cette œuvre, j'ai vendu ton nom un jour à quelqu'un qui ne m'a jamais payé. Sans doute s'agit-il là de la seule manière valable de se départir des choses qu'on aime et auxquelles on s'attache toujours trop en croyant s'approprier une partie de l'original.

Finalement on devrait toujours donner les choses qu'on aime. Il m'a rendu l'œuvre parce qu'il ne pouvait pas la payer. Peut-être ne l'aimait-il plus.

L'argent est souvent une excuse valable.

Montréal. Quelque part près de la rue Saint-Denis.

Dans une boutique quelconque, longtemps après avoir abandonné le réel pour me perdre dans les images.

Nous revenions d'une longue tristesse. J'avais laissé derrière moi bien des mots, les ayant vidés de leurs nuances et de leurs couleurs.

Et le monde, lui, n'en finissait pas de se déformer lui non plus ou lui aussi, c'est selon.

Dans cette boutique où l'on ne vendait que de la soie, je photographiais les broderies des kimonos.

J'ai fait développer le film, agrandir les photos, cinq ans plus tard. Les images redevenues banales telle cette statue illuminée du Sacré-Cœur en plastique qu'un jour j'avais trouvée si belle, comme si je réalisais que la mémoire des choses essentielles n'est en fait rien d'autre que la ligne ténue qui sépare la foi de la complexité, le charme de son explication.

Cinq ans plus tard. Je ne pouvais m'empêcher de rêver à cette histoire d'alpinistes morts dans une avalanche et dont on retrouva l'appareil photo et leurs corps intacts cinquante ans plus tard.

On fit développer le film et on vit alors apparaître les images de leur agonie. Leur douleur devenue accessible.

Le temps qui change nos yeux.

Moncton. Rice Bowl Restaurant.

En face de la Commission des liqueurs, sur la Mountain Road, ce qui constituait une sorte de bénédiction au dire ironique d'une de mes amies qui habitait tout près.

Il y a des familles avec des enfants d'une candeur indéfectible et qui transportent avec eux une Chine génétique et impérissable.

C'est une vision assommante quand on meurt de faim et eux d'aliénation, d'ennui, d'exploitation.

Ce n'est peut-être pas si terrible qu'on le pense. Il y a toujours moyen de trouver pire.

Il faut tous mourir de quelque chose.

C'est encore le meilleur repas en ville...

Le moins cher...

Le plus vite.

Dans ce restaurant pour emporter, comme dans l'ancienne buanderie au coin de Cameron et Saint-George, tenue elle aussi par un Chinois, il m'est arrivé d'avoir des apparitions et des illuminations comme dans les livres d'images saintes. Je croyais au Rice Bowl comme à une sorte de sanctuaire, un espace aménagé au cœur de la ville, un réservoir infini de mélancolie.

Dehors l'enseigne rouillée s'agite au vent et son Dragon tousse et crache du feu dans l'air froid d'un hiver d'Amérique du Nord, un engourdissement qui donne des crampes dans les doigts quand on se met en frais de prendre des notes sur l'essentiel et l'immuable.

Chaque mot ici vaut son pesant d'or.

Puis les gens retournent à leur travail, à leur vrai travail, nous laissant là, seuls dans le palais des souvenirs.

Si seulement nous avions vu une seule merveille.

Mémoires du sang

Il y avait plusieurs photos montrant des abats d'animaux répandus sur des corps nus, des pénis enveloppés dans des pansements, des animaux dont on déchire la peau à mains nues pour en extirper les tripes, des saucissons tenus à hauteur de sexe et coupés dans un rituel de castration et du sang, du sang, du sang partout. Telles étaient les actions du groupe de Herman Nitsch. Des photos prises n'importe comment mais inoubliables de provocations.

Carole Laure dans *Sweet Movie* de Dusan Makavejev tenant dans sa main un pénis qu'elle colle contre sa joue. À la sortie du film, elle voulut intenter une poursuite aux producteurs prétextant que cette séquence ne figurait pas au scénario original. Film contenant plusieurs éléments de performance tournés en collaboration avec le groupe de Nitsch.

Il faisait froid à Vienne cet hiver-là. Une image me reste, celle d'une prostituée soudainement apparue dans les phares de la voiture, quelque part au sortir de la Mariahilferstrasse, dans sa minijupe rouge. Une crucifixion contre un édifice qui divisait la route. Il m'avait été impossible de rencontrer Nitsch puisque ses performances avaient choqué le public viennois à un point tel qu'il avait dû s'exiler à Berlin.

Dans la galerie qui vendait ses œuvres, une femme blonde dans un tailleur très élégant m'avait donné son adresse après m'avoir montré ses œuvres avec la plus grande délicatesse, les manipulant comme s'il s'agissait de précieux reliquaires.

Les Levine est d'avis que la galerie d'art est devenue le dépotoir des systèmes de communication désuets. Le corps serait-il en train d'avouer son inutilité face à toutes les machines qui l'ont remplacé des bras à la tête ? Le corps ne produirait plus que de la jouissance, sa porte de sortie aménagée dans le mur de la folie, de l'erreur et de l'encombrement. L'art est-il toujours un baromètre valable pour les changements à venir ou serait-il en train de se dérégler, perverti par son propre système ? L'art est-il le meilleur système pour exprimer nos émotions ?

J'écrivais alors une thèse sur le concept de la marchandise dans le marché de l'art. Herman Nitsch mettait le système à dure épreuve, puisqu'il vendait des photographies dont la qualité n'avait rien de renversant, comme preuve à l'appui d'activités dont l'existence était déjà périmée. Fonctionnant comme un acteur dont la performance s'inscrit sur la pellicule, il laissait derrière lui une énigme, témoignage vivant d'un marché qui, dans son effort de réinvention, s'accommoderait de ce qu'on lui donnerait. L'art était mort, cela ne faisait aucun doute, mais il persisterait sur les murs bourgeois. Il devenait important de respecter la première règle du jeu : limiter la production pour augmenter la demande.

Récemment j'ai croisé Herman Nitsch. Sur les murs, encadrée avec toutes les précautions de la momification dont sont capables les musées, une œuvre montre une grande tache de sang. Il y a de l'écriture je crois, ce n'est pas clair dans ma mémoire. Ce qui me reste, c'est la mémoire du sang, une tache rouge bourgogne tirant sur le brun. Les pigments organiques, j'allais écrire orgasmiques, sont difficiles à stabiliser. On fait de son mieux. Ainsi donc toutes les révoltes finissent par retrouver leur juste mesure et leur reposoir définitif.

Ce matin je me suis coupé à l'auriculaire droit et la bande de polyéthylène perforée munie d'un petit pansement en coton recouvert d'une pellicule de cellophane que j'ai apposée sur la blessure n'arrive pas à contenir le sang qui s'infiltre dans les trous pour tacher le papier sur lequel j'écris. Ce n'est pas de l'art. Ce n'est que du sang. Quoique signé, déposé sous plexi dans un encadrement antiacide et exposé sur les murs d'un musée… Qui sait ?

Je me souviens du sang de Gina Pane. Au cours d'une performance elle s'était coupée dans la paume de la main avec une lame de rasoir et son sang, recueilli dans du tissu, s'était ensuite vendu dans un coffret accompagné des photos en couleurs de sa performance. David Douglas Duncan, l'un des plus célèbres photographes de guerre américain, jurait qu'il ne ferait jamais de clichés en couleurs puisque le sang, la couleur rouge de sa présence, violait la décence du champ de bataille. Au cours d'une de ses actions intitulée *L'oreille de Van Gogh*, Gina Pane s'était tailladé une oreille. Elle avait aussi vendu de ses tampons de menstruation. Le sang comme matériel. Elle m'avait donné rendez-vous dans les locaux design et élégants de la galerie Staedler qui se spécialisait dans la distribution de ses œuvres. Son débit gêné, son agacement à l'idée que le sang retrouvait à notre époque la notion du rachat, celle du Christ donnant son sang pour nous. Le fait qu'au Moyen Âge on était persuadé que le sang contenait la vie et que le sang, dans sa perte ou sa contamination, charriait toutes les maladies. Une idée qui conviendrait tout aussi bien à notre époque.

Pour les besoins de ma recherche, un peu plus tard, je rencontrai aussi Michel Journiac qui célébra une messe au cours de laquelle les fidèles communièrent en avalant une hostie en forme de tranche d'un boudin fait de son sang. Le Moyen Âge, ses messes sacrilèges au cours desquelles on sacrifie un nouveau-né, quand le diable chevauche constamment, les sorcières s'enduisant de ses excréments après s'être données à lui au cours du sabbat où il apparaît sous la forme d'un bouc puant.

Autrefois j'avais imaginé la production d'une estampe constituée d'une série de photos me montrant en train de me faire retirer une seringue de sang du bras, liquide dont je me serais servi pour faire une tache sur un certain nombre de petits carrés de coton blancs. Les photos démontrant cette activité auraient été reproduites, laissant une case vide dans laquelle aurait été collé un morceau du tissu imbibé de mon sang. Une idée qui m'est venue en voyant une image à l'arrière de laquelle on pouvait voir un petit point rouge dissimulant un minuscule morceau de tissu indiquant que cette image avait touché au cœur du frère André. De la même manière, mais différemment, cette image aurait aussi touché mon cœur. Elle aurait constitué un témoignage unique contenant mon code ADN avec lequel on aurait pu me régénérer comme on s'apprête à le faire avec les dinosaures. La conscience que l'art participe aussi de la magie, la signature tenant lieu de fétiche surtout si elle se fait avec le sang, le seul liquide garantissant l'authenticité des contrats avec le diable. Celui de Faust, par exemple. Si seulement il avait su se retenir et léguer son code ADN aux chercheurs du futur en leur enjoignant de le cloner en boucle jusqu'à la fin des temps.

Dans ses performances, Herman Nitsch utilisait le sang comme accessoire, le déversant par seaux sur les célébrants de ses messes dionysiaques. Je me demandais comment il faisait pour le conserver ainsi sans qu'il se coagule. Je pensais à ma mère qui brassait le liquide tandis qu'on saignait le porc à la fin de l'automne, le cri rauque de l'animal traversant le village, le rouge qui changeait au rose dans la neige, l'odeur du boudin dans la maison quand je rentrais de l'école et le partage qu'on faisait avec les voisins, chacun se régénérant dans le sang de l'animal. Peut-être était-ce cette fascination que je retrouvais dans l'œuvre de Nitsch même si le sang prenait ici une fonction extrêmement dramatique. Peut-être aussi s'agissait-il là d'une eau colorée ou de vin rouge, comme on fait pour la messe des chrétiens.

Il n'y avait pas comme chez Gina Pane cette solitude angoissante et extrêmement dramatique de la mutilation. Chez elle, on retrouvait un rituel de sacrifice et une parabole de la douleur comme vérification ultime de l'existence. Son sang retrouvant les vertus expiatoires de la grande tradition chrétienne.

Dans les jardins zoologiques, les animaux se mutilent à cause du désespoir inconsolable dans lequel ils se sentent enfermés. Le goût salé du sang, le seul liquide, quand il est le vôtre, qui coule sur la peau sans qu'on s'en aperçoive vraiment. Il faut voir la couleur pour réaliser de quoi il s'agit, mais le rouge aussi finit par s'estomper puis disparaître pour devenir cette teinte brune qui, à moins d'en être prévenu, finit par se confondre aux pigments terreux qui partent au lavage.

J'imagine l'un des participants à une performance d'Herman Nitsch, en train de prendre sa douche, se disant à quel point il est heureux d'être délivré de l'odeur, de la couleur et de la texture rugueuse des vêtements où le sang a déjà commencé à sécher. Prenant une cigarette dans son peignoir de ratine tout blanc et se disant qu'il doit bien y avoir autre chose à faire dans la vie que cette messe démodée pour incroyants en mal de sensations fortes ou pour snobs en mal d'anecdotes invraisemblables.

Entre-temps il se trouvera bien des historiens d'art, des critiques, des collectionneurs, des galeristes, des conservateurs, des muséologues, des journalistes pour chercher un sens à ce travail. Ils ont fini par lui en trouver un dans les strates profondes et inépuisables où l'inconscient se tient tapi, attendant d'émerger vers son ultime et parfois troublante insertion sociale.

Richard Lacroix

Cet hiver-là on faisait exploser des bombes à Montréal. « *It was the winter of our discontent* », pour reprendre, mal à propos, une citation de Shakespeare. L'École des beaux-arts était fermée et les moulages en plâtre exposés au soleil de la rue Sherbrooke. La Guilde graphique, l'atelier de gravure qu'avait fondé Ricard Lacroix, était devenue un refuge pour tous les jeunes contestataires imbus de modernité, ayant trouvé là leur figure paternelle et conviviale, celui qui les justifiait dans leur colère et les consolait dans leur désarroi.

Je m'étais arrêté là en route pour Paris où l'on venait de fermer l'École des beaux-arts. J'habitais rue Aylmer, en haut de la rue Sherbrooke, où se trouvaient les magasins appartenant à de riches anglophones, institutions devenues les cibles fréquentes d'appels à la bombe.

Richard Lacroix revenait de Paris où il avait fait la rencontre de l'historien Yves Robillard. Ensemble ils avaient fondé le mouvement *Fusion des arts* dans le but de produire des événements où l'art cinétique occupait une grande place. J'avais entendu parler de la Guilde graphique dans un petit catalogue de reproductions qui servait de prospectus aux acheteurs éventuels. J'entrais donc, hagard et mal à l'aise, dans cet espace qui allait me permettre d'apprendre et d'explorer une technique hautement subversive. Autrefois les gens qui possédaient une presse étaient soumis aux contrôles de la police. Je montrais à Lacroix une liasse de dessins exécutés sur du papier à machine à écrire. Les ayant regardés, il me dit que j'avais un certain talent et il se mit à parler de la vie en général. La seule chose qui me soit restée de cette discussion, c'est le fait que selon lui certaines personnes se considèrent comme riches avec peu et d'autres comme pauvres avec beaucoup.

Avec le temps, je constatai son désintérêt pour la gravure. Son travail se concentrait sur l'art comme animation et comme ressource politique. Il mettait de l'avant un nouveau type d'artistes, très urbain, new-yorkais dans sa nature mais issu de l'Europe. Quant à la gravure, principalement la sérigraphie, elle était devenue alimentaire, l'aidant au fonctionnement de son entreprise, un peu comme le faisait alors Warhol à New York.

Avec le temps, leurs deux destins similaires au départ se feront totalement différents. Warhol deviendra Warhol et Lacroix marchand de gravures. La dernière fois où je l'ai vu, il traversait la rue en vitesse, les cheveux courts, un mince collier de barbe au menton, un veston de cuir, tout le contraire de l'allure débraillée qu'il affichait dans son atelier où il prenait parfois des allures d'*Aristide Bruant dans son cabaret*, telles que sur la célèbre lithographie de Toulouse-Lautrec.

La France et les États. Pourquoi faut-il qu'il en soit toujours ainsi ? Qu'arrive-t-il quand nous traversons l'océan d'amnésie qui nous sépare et nous obsède ?

La Patrie

Aurèle Albert, maître de poste, gérant d'allées de quilles et organisateur libéral de Saint-Simon, est assis près du poêle à bois. À la main, il tient un petit livre noir qu'il a toujours sur lui et dans lequel serait consigné l'âge que nous aurons à l'heure de notre mort. Il vient d'en faire la déclaration publique et nous sommes tous abasourdis de ses propos et de ses nouveaux pouvoirs shamaniques.

C'est un autre hiver de mon enfance. Il est six heures passées et il fait noir, mais nous attendons le courrier qui doit arriver incessamment de Caraquet, mais je n'attends pas de lettre ou de colis, j'attends un journal en provenance du Québec : *La Patrie.*

Des quatre cahiers de l'hebdomadaire, celui qui m'intéresse le plus contient une reproduction en couleurs d'une photo d'un joueur de hockey, habituellement du Canadien, faite en studio contre un cyclo souvent bleu pâle pour faire contraste avec l'uniforme rouge vermeil. Le nom des joueurs m'échappe et je ne suis pas un grand fanatique du tricolore mais ce qui m'intéresse, c'est la couleur, le fait que je pourrai les découper soigneusement pour les coller dans un album contenant des photos de sportifs que j'admire. Les boxeurs entre autres.

C'est l'époque de Yvon Durelle, le pêcheur de Baie Sainte-Anne qui devint le symbole du combat et de la résistance d'un peuple puisque Durelle, un nom prédestiné, peut encaisser, tout comme Marciano, l'étalon italien, jusqu'à l'épuisement de son adversaire. Il suffit alors d'un bon direct pour expédier l'autre au plancher. Ce sera suffisant pour lui mériter un combat de championnat des mi-lourds contre un vétéran rusé du nom d'Archie Moore. Durelle devra s'incliner à deux reprises devant cet adversaire même s'il est arrivé à lui faire visiter le plancher. *L'Évangéline*, le quotidien acadien qui fermera ses portes en 1986, six mois avant son centenaire, suit la saga au jour le jour au point où la grandeur des photos devient un obstacle aux dimensions de mon album de coupures.

Dans *La Patrie*, on ne parle pas beaucoup de Durelle. À chacun ses héros. Là-bas le vedettariat est un fait de société, d'équipe. Ici il est occasionnel. Il s'affirme comme l'expression intense et naïve d'individus surgis à l'improviste. Combien de temps peut-on encaisser avant de donner ou subir le coup de grâce ?

Nous marchons dans la nuit avec notre précieux butin, une des trente copies du journal qui n'arrivent pas toujours à temps, les lundis où elles arrivent. Nous marchons sur une route qui ne sera déblayée qu'au printemps ou dans des canyons de neige éclairés par la lune glaciale. Parfois nous marchons sur le haut des bancs de neige, question de voir les lumières vacillantes des maisons clairsemées rattachées au ciel par le filet de fumée blanche d'un poêle à bois en opération perpétuelle.

Le bruit de nos bottes affamées sur la neige dure des années cinquante. Nous n'aurons pas le temps de faire nos devoirs. Nous mangerons en écoutant la radio, en provenance de la Gaspésie. Une partie de hockey peut-être ou Marcel Martel, chantant ad nauseam *Un coin du ciel on vivra tous deux ma chérie.* Mon frère fera de la peinture sur un vieux bout de drap de lit avec un pinceau qu'il s'est bricolé en prenant des poils au chien. Je resterais là à regarder apparaître ses images, conscient de son interdiction de me servir de ses couleurs, douze pots avec, sur chacun, un chien. Plus tard, j'apprendrais qu'il s'agit du lévrier de la marque Reeves, d'après le nom de l'inventeur du tube de couleur qui permit aux impressionnistes de quitter leur studio pour s'aventurer dans la nature.

Le rituel de la lecture. D'abord les images, les légendes sous les images dans la section illustrée puis les bandes dessinées. Ce sera tout pour ce soir, avant de m'endormir. Je n'ai pas fait mes devoirs. Demain en reprenant ma marche vers l'école, je trouverai bien une excuse. Comme l'institutrice enseigne toutes les matières du « grade » quatre au « grade » huit, il y a peu de chances que je sois interrogé ou même qu'on se soucie le moins du monde de mon avancement intellectuel. J'ai beau savoir que Conrad Adenauer est chancelier de l'Allemagne de l'Ouest, que Montcalm a été vaincu sur les plaines d'Abraham et que Dickey Moore est le joueur vedette cette semaine dans *La Patrie*, je demeure malgré tout une sorte d'autodidacte vivant dans l'ignorance de sa propre histoire ou incapable de décoder la photo d'Yvon Durelle au plancher. Des images de défaite et la conscience aiguë que l'exil serait la seule solution. Ces adieux à longueur d'étés interminables seront un jour les miens. Tous ces gens de retour ou en partance et qui eux aussi ont vu l'image de Durelle au plancher. Leur fuite continuelle et leur ennui irrévocable ont peut-être quelque chose à voir avec cette photo.

Le Canadien, sous l'habile direction de Toe Blake, a encore gagné la coupe Stanley. C'est une machine bien rodée pour laquelle jouent d'arrache-pied des descendants d'Acadiens qui ont pour nom Maurice et Henri Richard ou Jean Béliveau. Maurice Richard surtout qui fit lever de sa chaise un paralytique. Dans la voix grésillante de CHNC New Carlisle, les nouvelles de l'émeute à la suite de sa suspension par Clarence Campbell. Le Québec se réveillait d'un long hiver, d'un long engourdissement.

C'est la semaine sainte, l'école est loin et l'hiver interminable. Nous sommes trop petits pour faire les liens et les choix qui s'imposent entre le monde et son image. Nous prions dans la boue pour que notre âme soit sauvée de tous les péchés qui nous salissent. Notre soumission n'est-elle pas la preuve de notre souillure ? La messe nous est fortement conseillée et nous savons que Dieu nous aime puisqu'il ne cesse de nous éprouver. En attendant, nous vivons sous le couvert de l'anonymat et d'une colère sourde. Notre oubli est un bouclier, notre marche une dérive affligeante. Nous sommes de petits Acadiens marchant vers un souper dans la brunante, amnésiques et résignés. Notre hiver dure depuis toujours et nous avançons aveuglément vers le foyer. L'image de Durelle au plancher.

Quelqu'un a trouvé une adresse où l'on peut écrire pour demander un ensemble complet de photos des joueurs du Canadien. On peut aussi écrire à la compagnie MacDonald Tobacco pour recevoir un calendrier en couleurs des six équipes de la Ligue nationale. Je découperai soigneusement ces reproductions pour les coller contre le papier rugueux de mon album de souvenirs. Au-dessus de Saint-Simon la voûte du ciel est criblée d'étoiles, le silence est impeccable. Parfois un air de vent dessine une destination, esquisse une idée ou transporte la rumeur qu'il existe d'autres lieux où nous ne pourrons nous rendre autrement qu'en nous agrippant aux ailes des oiseaux. En attendant nous rêvons.

Aurèle Albert a refermé son livre et craché sur le poêle dans un geste souverain de propriétaire. Sa salive se forme en petites gouttelettes dansant à la surface noire du métal trop chaud à la vitesse de la chaleur. Demain il risque de pleuvoir et le verglas va glacer la route du village. Nous mettrons nos patins et nous deviendrons vedettes de la Ligue nationale. Nous irons au bout du monde sur la baie gelée. Saint-Simon deviendra minuscule comme on voit toute chose, paraît-il, au jour de la mort, celle qui se cache dans le petit livre noir d'Aurèle Albert. Nous pourrons mettre en perspective la photo noir et blanc d'Yvon Durelle dans le papier fragile de *L'Évangéline* et celle de l'équipe gagnante du Canadien telle que reproduite en couleurs sur le calendrier de MacDonald Tobacco. Et ensuite nous reviendrons vers la terre gelée bien dure, le monde se rapprochera, passant du gris monochrome aux couleurs vives que découpent nos chandails rouges contre le bleu pâle du ciel où nous devrions tous nous rendre même si Aurèle Albert n'en a pas parlé, ses prédictions prenant fin avec la mort de chacun d'entre nous.

Gabriel Foulem a emmené le cheval de son père sur la glace. L'animal qui n'est pas ferré ne peut se tenir debout et s'est écroulé sans pouvoir se relever. L'image d'Yvon Durelle me revient, à genoux tandis qu'Archie Moore, les bras en l'air, semble prêt à s'envoler au ciel. Quelqu'un, un curé dans un sermon, a dit que le Christ avait eu plus de courage que Durelle puisqu'il n'a pas craint de se relever pour poursuivre son chemin de la croix jusqu'au Calvaire. Au moins Durelle avait échappé à la crucifixion. C'était au moins ça de gagné.

Il a fallu aller chercher un tracteur pour aider l'animal à se relever. Gabriel Foulem va en manger toute une. Nous assistons à ce drame réel et anticipé sous le couvert d'une résignation stoïque. La plupart d'entre nous sont partisans d'une théorie voulant que la vie soit une aventure dont seul le vent peut aider à débrouiller les directions et les enjeux.

En attendant nous marchons, les patins autour du cou. Lançant des morceaux de glace, déjouant Jacques Plante à tout coup, nous avançons dans un mouvement enjoué et émouvant vers le seul lieu que nous connaissons vraiment : le lieu de la chaleur en hiver et des adieux à longueur d'été, là où chacun se repose des déceptions d'un hiver beaucoup trop dur et toujours trop long.

Vingt minutes au-dessus du parc Montsouris

Robert Smithson est mort en photographiant du haut des airs son œuvre *Spiral Jetee* pour laquelle il avait conçu une étrange fascination. L'un des maîtres de l'art environnemental, il avait autrefois exposé des cailloux dans des boîtes en forme de triangle. Dans un de ses articles, il décrit sa fascination pour la rouille qu'il comparait à la vie dans son incessant besoin de transformation. La jetée était effectivement une spirale. Pour la réaliser, il avait déversé quantité de cailloux dans un lac peu profond. De toutes les figures géométriques, la spirale est, avec la ligne, l'une des seules du genre féminin, même le cercle s'est masculinisé avec les formes obtuses qui n'ont pourtant rien à voir avec lui.

La réunion était longue, interminable en fait. Dans son cahier, elle dessinait page après page des spirales à n'en plus finir. Elle élevait seule une famille de trois enfants et parfois elle entrait exaspérée, projetant des objets de plus en plus hétéroclites qui traversaient l'atelier comme des corps célestes avant d'aller s'écraser sur le plancher de béton ou s'enfoncer dans les murs de plâtre. Un matin, elle avait excusé son retard par le fait qu'elle avait dû se rendre au poste de police chercher son fils qui y avait passé la nuit. La patience des femmes. La colère des femmes. Elle criait dans les téléphones et dessinait des spirales, exaspérée par l'injustice des hommes et l'incompréhension de la vie moderne. *Modern Love. Modern Life.* Son amant plus jeune qu'elle disait partout qu'elle était la plus belle femme au monde, ignorant ses spirales qu'elle traçait avec acharnement pour reprendre son souffle ou s'envoler avec fracas vers une soudaine et quelconque mission.

Au-dessus du parc Montsouris, les nuages tournoient. L'appareil photo est fixe sur son pied, son œil vitreux lorgnant le ciel, liant à chaque minute le mouvement de ces formes blanches au fond bleu sur lequel elles se déplacent. Quatre cartes compléteront un diagramme montrant l'endroit précis, sur la Terre, où se trouvait la caméra. Une autre réalité virtuelle recomposée dans l'enceinte de la galerie d'art.

Cette vieille notion de vouloir ramener le ciel sur terre. La spirale serait peut-être le moyen d'y arriver puisqu'à sa base, il y en a une autre qui permet de s'enfoncer comme une fractale jusqu'au cœur des choses, là où il n'existe que du vent, là où gravitent d'autres corps célestes peuplés de personnages dont le destin nous échappe. Je me suis toujours demandé si Smithson n'était pas entré dans cette dimension quand l'avion qui le portait s'est écrasé dans son œuvre préméditée et prémonitoire.

Identités

Le nom que je porte constitue une crise d'identité en soi. En fait, le jour où j'ai su l'écrire, j'ai eu l'impression d'avoir atteint une étape initiatique. Pour me souvenir des treize lettres qu'il comporte, pouvoir les aligner, savoir y disposer les accents, il m'aura fallu une période de réflexion suffisamment longue pour que je puisse, dans l'intervalle, apprendre à écrire.

Né le 7 avril et baptisé le 13, il paraît que quelques heures à peine avant mon baptême on était toujours à la recherche d'un nom qui me convienne. Dans un éclair de génie mon frère suggéra de s'en remettre au calendrier des saints. C'était la Saint-Herménégilde. Il n'en fallait pas plus, mais je n'ai jamais su si la décision avait fait l'unanimité, s'il s'était trouvé quelqu'un de ma famille pour plaider en faveur d'un nom plus simple et plus facile comme Élide, Victor, Alyre, Existe ou Telex, comportant moins de lettres et qui soient plus faciles d'accès, au lieu de ce nom compliqué, unique et étrange à plus d'un titre.

Durant la dernière tempête de l'hiver, ne pouvant se rendre à l'hôpital, mon père avait dû aller chercher la sage-femme du village qui n'avait pas mis d'enfant au monde depuis plusieurs années. L'hémorragie avait été inquiétante et ma mère avait failli en mourir à l'âge de 37 ans. Mon père, Samuel, le chanceux, avait six lettres dans son nom et 47 ans. Toute sa vie il jouera le rôle d'une sorte de grand-père indulgent et bienveillant. Son père à lui, mon vrai grand-père, s'appelait Philorome et j'ai toujours cru qu'il y avait une affinité entre nos deux noms. Sans doute la raison qui explique mon intérêt pour la modernité et l'exigence qu'elle génère dans nos vies!

En raison du *e* qui termine mon nom, on croit souvent que je suis une femme, ce qui m'a valu de faire partie d'une anthologie de textes féminins et de grossir le contingent obligé d'un conservateur qui voulait pallier l'absence séculaire dont les femmes sont victimes. C'est aussi une remise en question constante puisque les erreurs d'épellation sont fréquentes, la prononciation difficile et la curiosité immanquable.

J'aurais dû produire une œuvre, un collage, en alignant les nombreuses variations qui me sont adressées par la poste car c'est à ce niveau que la crise d'identité s'avère la plus aiguë. Pour ne pas être en reste, j'ai même pensé restructurer les lettres de ce nom pour lui donner une tournure aristocratique. Ainsi je deviendrai par un jeu de majuscules et de césures Hermé né Gil de Chiasson.

La plupart de mes amis m'appellent d'ailleurs Hermé et il m'a fallu un certain temps pour me résigner qu'il en était peut-être mieux ainsi. Les anglophones m'appellent Herman, c'est beaucoup mieux que de se voir déchirer ou de passer sa vie à s'épeler au lieu de s'appeler. Dans un article écrit pour me dénigrer, on m'avait interpellé du nom d'Hermès Trismégiste. Je me suis immédiatement empressé de répondre, me confondant en remerciements à l'idée d'avoir été appelé Hermès trois fois maître. C'était l'époque où je faisais œuvre de pamphlétaire et de franc-tireur. Je me prenais pour Voltaire : « Je n'ai jamais fait qu'un prière : " Mon Dieu rendez mes ennemis ridicules. " Et Dieu m'a exaucé. »

Parmi les problèmes notoires, il y a les difficultés nombreuses à écrire ce nom dans les formulaires où l'on ne vous laisse jamais assez de cases pour inscrire une lettre dans chacune. Pour ceux qui font du graphisme, ce nom est souvent la cause d'une mise en page désordonnée car il y a de fortes chances qu'il soit le plus long de tous ceux qui feront partie d'une liste et qu'il est toujours disgracieux de voir quelqu'un qui sort du rang à ce point.

Par contre, il y a un net réconfort à l'idée de ne pas être confondu avec quelqu'un d'autre. Le seul Herménégilde célèbre que je connaisse est Ermenegildo Zegna, le designer italien. Il y a aussi Herménégilde Lavoie, l'un des pionniers du cinéma québécois. Autrement je sursaute toujours lorsque j'entends mon nom. Il y a au Québec, dans les environs de Sherbrooke, un village qui porte le nom de Saint-Herménégilde. J'étais si content que j'en ai agrandi démesurément à la photocopie le tout petit lettrage qui se confond pratiquement dans la texture du papier sur lequel est imprimée la carte géographique.

C'est un nom qu'on utilise souvent pour faire de l'effet, pour dire qu'il s'agit là d'un nom à coucher dehors, ce qu'on m'a déjà dit d'ailleurs, à Limoges dans le journal des Francophonies en Limousin où j'étais invité : « Malgré un nom à coucher dehors, etc. » Je n'en revenais pas. « Malgré un nom à coucher dehors… » J'ai eu envie de reprendre l'avion sur-le-champ.

Mon nom est Herménégilde est le titre d'une chanson qui a connu un certain succès et dans la pièce basée sur *La petite histoire du Québec* de Léandre Bergeron, l'un des personnages, pour bien faire comprendre qu'il n'a pas d'attaches au XXe siècle, porte le même nom que moi. Je me souviens d'avoir entendu Fernand Seguin dire à la radio que son voisin se nommait Herménégilde Hébert.

Ce nom a donc plusieurs avantages mais, dans une autre perspective, il m'a causé bien des déboires. Ainsi il est très difficile d'imaginer un petit Herménégilde, mais il est très facile de me donner l'âge d'un patriarche. C'est du reste le commentaire le plus fréquent que j'entends des gens qui n'ont vu que mon nom, cette disparité entre l'âge et le prénom. J'ai souvent cru à cet effet que ma vie n'était en fait qu'un long effort de rattrapage pour rejoindre ce nom, il viendra bien un temps où j'aurai l'âge qui convient.

Photos du Maroc

Le souvenir de son visage dans une demi-obscurité, derrière ses lunettes rouges que j'avais peintes en blanc, à la roue de la Renault 4, oui celle avec le bras de vitesse dans le tableau de bord, près d'une route bordée de palmiers, un hiver des années soixante-dix, quelque part au Maroc, durant les vacances de Noël.

Nous avions traversé l'Espagne où j'avais photographié les fenêtres de tous les hôtels où nous avions dormi, la lumière brutale qui entrait à contre-jour pour manger sa silhouette.

Sur la place du marché à Tétouan, je m'étais fait prendre en photo par un photographe qui agrandissait ses négatifs dans une installation on ne peut plus artisanale. Je l'avais photographié à l'œuvre. La gêne et la distance de son regard sont restés imprégnés dans l'image, car il savait fort bien qu'il y avait entre nos deux mondes une misère et une condescendance que nous ne pourrions jamais traverser autrement qu'en images.

Devant un hôtel, un groupe de touristes prenait des photos d'un enfant sur un chameau. Je me suis approché pour faire comme eux. L'image de l'enfant au milieu des voitures. Puis l'enfant est descendu du chameau et a commencé la collecte des dinars car aller en Afrique du Nord sans ramener de photographies de chameaux ou de palmiers ne constitue pas une preuve qu'on y soit vraiment allé. L'exotisme a son prix.

Dans les montagnes Atlas, la neige avait commencé à tomber. On avait émis des avertissements à l'effet qu'il fallait se méfier des bandits qui barraient la route en y faisant tomber des arbres pour dévaliser les voyageurs immobilisés.

La photo d'une tente qui bat au vent et cet âne qui mangeait les brins d'herbe qui dépassaient dans la neige. La mélancolie des ânes. C'était l'après-midi tard, le soleil descendait à toute vitesse sur un monde obscur. Témoignage de la solitude et de la déroute dans un monde dominé par la poussière et la sécheresse. L'errance comme conscience circulaire d'un lieu inaccessible.

Le parfum de l'encens dans les marchés, en fin d'après-midi, l'odeur se mélangeant aux objets, à leur présentation gauche ou intensément émouvante comme cet amoncellement de choux-fleurs sur un carré de polyéthylène rouge, mais je n'avais que du film noir et blanc dans mon appareil et le rouge s'est transformé en noir. Je me souviens du rouge même si ce rouge-là se transforme à mon insu, j'en suis persuadé. Les souvenirs se transforment, mais les photos restent, version corrigée de « Les mots s'envolent mais les écrits restent. » Cette phrase pourrait d'ailleurs servir de slogan publicitaire. Avis aux intéressé.e.s.

Lectures

Je me souviens du jour où j'ai appris à lire. Je m'en souviens exactement. Le silence de l'été, les odeurs exhalées du paysage, des fleurs, de la nuit, le discours des hommes dans le magasin général de ma famille, leurs discordes, leurs conversations, leurs rêves violents et sans issue, leurs fatigues et leurs attentes, leur immobilité et leurs marches dans l'opacité d'un village éclairé parcimonieusement par la lueur d'une ampoule électrique au-dessus de la porte d'entrée d'un privilégié, les maisons recouvertes de bardeaux gris qui se fondaient dans la nuit, la sensation d'être seuls au monde.

Le magasin général de mon enfance ressemblait à un film aux couleurs exagérées avec ses étagères en bois peintes en jaune, son juke-box et sa table de billard. On y énonçait des données curieuses et on y débattait des sujets hautement improbables. C'est là où j'ai appris que la vie d'un homme valait 3 500 $. Je me suis longtemps demandé comment on avait pu en arriver à une telle addition, la seule conclusion possible se trouvant dans l'évaluation du prix des divers matériaux susceptibles d'entrer dans la composition d'un tel organisme, mais encore là, matériellement parlant, le coût de fabrication d'un être humain me semblait toujours improbable. Difficile surtout de se résoudre à l'idée que la vie puisse avoir un prix et que ce prix puisse être aussi exact.

Un après-midi d'hiver, l'un des clients s'était indigné du fait qu'on dépensait tant d'argent pour envoyer un homme sur la Lune alors que tout le monde savait qu'on avait déjà ramené sur Terre un tel spécimen, qu'il n'avait pas voulu rester et qu'on s'était collectivement endetté pour le ramener chez lui. La discussion s'était terminée par un match nul. Le client a toujours raison. S'abîmant dans l'ironie et maudissant son peu d'instruction devant ceux qui en profitaient pour lui mentir, il s'estimait méprisé par ceux qui, imbus de leur savoir, en profitaient pour se hisser au-dessus du commun des mortels dont il faisait si cruellement partie.

Je revois mon père en chemise blanche, son chapeau gris, ses bretelles noires, en train de jouer au billard. Ma mère et mon frère découragés par l'endettement de ceux qui ne remboursaient jamais le crédit qui leur était fait. Leurs mille et un plans pour s'en sortir.

C'est par hasard, dans ce lieu pittoresque, que j'ai compris l'ordre rigoureux de l'alphabet, un détail qui m'avait échappé. C'est dans ce magasin-là que je me suis mis à lire, seul, le texte d'une affiche. Ma mère, témoin, en fut étonnée comme si ma voix venait de muer. Je me souviens de la délivrance et du grand vertige qui s'ensuivit. Je me souviens du jour où j'ai appris à lire. Je m'en souviens exactement.

Jeux vidéo

Cet homme qui tourne sur lui-même et qui s'est inventé ce jeu curieux pour mettre à l'épreuve son horloge interne, se peut-il que ce soit moi ?

Pour jouer ce jeu il faut une horloge, une cassette et une caméra vidéo. On met la cassette dans l'appareil et on vidéographie l'horloge. Quand l'aiguille des secondes est à douze, on amorce alors un mouvement circulaire. L'idée consiste à repasser sur l'horloge au moment même où l'aiguille des secondes repasse à douze, établissant ainsi une rotation parfaite en l'espace d'une minute précise. De cette manière, on peut affirmer que l'on dispose d'une horloge biologique parfaite.

Dan Graham a lui aussi inventé un jeu vidéo qui permet de faire sa propre psychanalyse au moyen d'une caméra et d'un moniteur vidéo. Le jeu consiste, dans un premier temps, à se vidéographier tandis qu'on raconte quelque chose de très intime, de très privé, de caché, à la caméra. Puis on met la cassette dans le moniteur et on la visionne en vidéographiant ses réactions. On remet cette cassette de réactions dans le moniteur et l'on refait le même manège jusqu'à épuisement de l'intérêt, de l'effet ou du jeu.

Par les réactions que cette déclaration originale engendre sur le visage, on peut alors lire une sorte de décalage entre le son et l'image, entre l'instant présent et la transformation qui s'opère ainsi au fil du temps.

Ce qui me fascine de la vidéo, ce sont les caméras de surveillance. Dans les métros ces gens qui défilent pressés, imperméables aux regards que leur jette cet œil intrus qui ne fait que rendre un témoignage devenu à la longue notre seule vérité.

Selon la rumeur publique, la vidéo ne deviendra un art qu'au moment où elle se détachera du mur, se libérant ainsi de l'architecture pour trouver le repos dans le dépotoir de la galerie ou du musée, là où s'entassent les systèmes de communication périmés circulant sous divers noms d'emprunt dans le domaine des arts. Il en fut ainsi de la peinture, de la gravure, de la photographie, du cinéma qui attendent avec fébrilité d'être rejoints par la vidéo, nouveau-né et dernier cri des systèmes en voie d'éventuelle extinction. Seulement, qui remplacera la vidéo ? Qui mieux qu'elle saurait projeter avec une aussi grande exactitude et une profusion aussi extatique les évangiles d'une époque dédramatisée où toute expérience se voit transformée et multipliée dans un signal aussi banal qu'éphémère ?

En attendant, il y a cet homme qui tourne et qui s'amuse à prédire le temps à mesure qu'il le perd en établissant à la fois la preuve et le constat. Qu'y a-t-il à faire d'autre en attendant, sinon sacrer et gémir ? Le balai électronique repasse, hypnotisant toute une époque, précis et prévisible comme l'heure juste.

Blanc comme le papier

Ce matin une neige fine recouvre le parterre devant la maison où je dors du sommeil de l'enfance. Tout est blanc. Je suis là, des heures durant, à regarder toute cette blancheur. Durant la nuit la neige a tout enrobé d'une pellicule immaculée. Je veux que le monde reste ainsi, qu'il n'y ait pas d'égratignures, de marques, de pistes dans cette surface. Une surface impeccable comme le papier.

Peut-être, le prolongement d'une autre vie alors que j'étais Mallarmé ou Edgar Allan Poe, mais je ne m'en souviens pas. C'est facile de s'en sortir ainsi. Poe et le voyage au pôle Nord où le blanc de la page se fondant au blanc de la neige constituerait, selon Ricardou, l'une des premières manifestations du Nouveau Roman.

Les gens qui viennent à la maison ont le don de me mettre en rogne car ils salissent tout, ils laissent leurs marques, futiles et illusoires, pour se frayer un chemin. J'en fais part à ma mère qui essaie de temporiser mon obsession en me disant qu'on ne peut pas empêcher pareille profanation. Les gens doivent entrer ou sortir. Tôt ou tard, ils doivent faire leur marque. Il faut qu'une porte soit ouverte ou fermée.

Duchamp encore et son silence. Lui aussi il aurait aimé la neige.

Je prends ma leçon et je prends même mon mal en patience tant qu'à y être. Peut-être, sans m'en rendre compte et de manière tout à fait anodine, ai-je enfin réalisé la terrible loi de la création et de la destruction qui habite l'artiste comme les deux visages de Shiva. Le fait qu'il faille détruire pour créer, que la création soit un feu qui doit brûler à l'extérieur ou qui finit, sinon, par nous consumer de l'intérieur.

Je n'ai pas encore déjeuné. Je regarde la neige. Son spectacle éblouissant devient une révélation. Cette neige m'interroge. Elle m'hypnotise. Inconsciemment peut-être, je réalise que les surfaces blanches me cacheront toujours quelque chose de plus grand et de plus bouleversant. Je ne peux me résigner à l'idée qu'il n'y ait que la lourdeur de la terre. Je sais que plus tard il y aura les couleurs, les mots, la scène ou l'écran.

Pour le moment j'attends. Il fait chaud, une chaleur d'enfance remplie de parfums et d'odeurs, une chaleur prenante en marge des grands qui ne remarquent déjà plus rien et qui s'acharnent à oublier toutes ces choses. Je regarde la neige, je n'ai pas envie de détourner mon regard, de revenir à l'intérieur où je redeviens aveugle. Je suis le gardien de la neige, de sa blancheur, et je veille pour voir venir celui qui osera briser ce moment et qui, sans s'en rendre compte, mettra fin à cette vision extatique.

Beaucoup plus tard. Je suis au métro Gaité-Montparnasse cherchant une adresse, une boutique où l'on ne vend que du papier. Les années ont passé, je suis redevenu ce que j'aurai dû être. Je me rends souvent à cette boutique. J'y passe des heures à regarder la texture des papiers, à les toucher. Je n'en achète pas. Je trouve que la possession tue la beauté. Je crois qu'il vaut mieux les abandonner à leur sort, content du fait que ces objets existent, heureux de les savoir là et d'être vivant pour partager leur présence.

Au moment où je devrais céder à la tentation, je me retrouve sur le trottoir sans avoir acheté quoi que ce soit. Sans doute faudrait-il revoir l'ordre des priorités, mais je préfère dessiner sur du papier journal même si je sais qu'à la longue ces œuvres tomberont en ruine comme des confettis, comme de la neige. De quel droit pourrais-je affliger de mes doutes et de mes erreurs une feuille de papier constituant déjà, par sa blancheur, une œuvre d'art impeccable ? Je sais bien que d'autres le feront à ma place, probablement sur la feuille même que je suis en train de contempler, mais au moins je n'aurai pas à vivre avec le poids de cette prétention.

Ces papiers me sont chers. Je ne veux pas que mon travail prenne de l'importance du fait qu'il se soit imposé sur une surface dispendieuse. Et pourtant il le faut. Il me faut transgresser sans trop y penser cette obsession de la neige toute blanche d'autrefois. Voir la vie comme un travail, la surface comme une illusion, un masque, un trompe-l'œil. Alors je prends une craie, n'importe laquelle, et je fais une marque, n'importe laquelle. J'ai une vague idée de ce qui devrait apparaître, de ce qui devrait surgir et je frappe à l'improviste, mais soudain la déception s'ingère dans le travail et je vois qu'il me faudra composer avec et non contre la surface. Une autre dimension est en train de perforer la page, la toile, l'écran ou la pellicule.

Un visiteur s'approche du champ de neige, ses pas sont lourds et il a besoin de savoir. Sans s'en douter et sans se préoccuper de la destruction qu'il engendre, il traverse l'espace tout blanc, ses pistes sont des cratères et la terre tremble à chacun de ses pas, sa silhouette trouant la lumière, il s'avance incrédule et apostat vers le pas de la porte. Il demande un renseignement futile, banal et dérisoire comme sa présence, anodin comme ses paroles, inconscient comme sa vie. Je fais le vœu d'oublier tout ce qu'il dit. Ne me reste plus que son regard balayant l'espace, son souffle soulevant les lourds vêtements de laine, faisant place à une immense déception, le fragile contentieux de la beauté outragée.

Le travail avance et je me laisse surprendre par ce qui s'est produit au point d'en oublier le projet original, ayant enseveli la beauté du papier sous cette averse de signes, de doutes et d'imprécations. Le papier n'est plus, il a fait place à autre chose. La neige a fondu, ouvrant d'autres blessures à travers lesquelles on aperçoit la boue refaire surface dans la blancheur. C'est la fin de l'automne ou ce pourrait être le début d'un autre printemps. L'homme s'en va. C'est un colporteur ou un visiteur maladroit. Il boite. Il a un cheval fatigué qu'il tient au bout d'une lanière de cuir et qui le suit sans attelage à travers le village. La lumière se répand autour de l'animal comme une auréole. L'homme crie sa colère à la bête, leurs pas lents ensemencés dans la neige et le regard de l'enfant prolongeant le tout dans sa mémoire fébrile du moment.

Privilèges

C'est A.H. qui convainquit L.H. que nous avions absolument besoin d'un outil pour le scellage à chaud des documents dignes d'être conservés par les générations futures. A.H. travaillait alors sur sa série de vaches roses et bleu pastel, sortes de silhouettes d'une photographie qu'il avait découpée et qu'aucune colle n'arrivait à faire tenir en place sur le carton sans acide dont il se servait. Grâce à ses dons innés de diplomate, de communicateur et d'artiste imbu de son futur statut dans l'histoire de l'art, il avait convaincu L.H. que la presse était une nécessité et que nous ne saurions nous en passer. Ce qui fut dit fut fait.

C'était l'époque où le commun du vulgaire des mortels s'affairait à la fabrication de moules en plâtre ou à l'essuyage de plaques en zinc sur lesquelles on s'acharnait alors à graver diverses brouillonneries et à mousser nos illusions de grandeur. A.H. s'était éloigné du peloton car il avait délaissé le travail manuel pour se concentrer sur une vision sublimée du monde et des choses. Dans l'obturateur de son appareil photo, tout lui apparaissait déjà comme hygiénique, accessoire et réductible. Il connaissait les effets de la magie et c'est imbu de cette mission quasi divine qu'il s'aventura dans le bureau de L.H., héros de guerre et grand amateur de scotch, aspirant désormais à la paix de l'âme et à la tranquillité de l'esprit.

Nous savons tous le genre de manifestations qui peuvent agiter les profondeurs troubles de l'être humain quand il se voit confronté et présenté au robot, à la machine, à la bébelle destinée à lui succéder. La séquence dans *1900* de Bertolucci quand le propriétaire fait la démonstration devant ses paysans médusés du tracteur par lequel il a l'intention de les remplacer donne une idée assez juste de l'agitation déplorable qui s'empara de nous à la vue de ce nouvel engin qui ramenait sous nos yeux ébahis les splendeurs d'une modernité lointaine.

Témoin oculaire, j'ai vu se gonfler la série des vaches couchées dans le carton sans acide. Au commencement A.H. crut que la presse lui appartenait et il s'en fit le gardien arrogant et mythique, mais il devint apparent et même évident que nous étions nous aussi destinés à nous approcher de l'objet de culte. T.W. fut le premier à briser le voile nous séparant du saint des saints, mais là encore T.W. était le second en titre de A.H., celui en qui il avait mis toute sa complaisance, pour tout dire son homme de bras, l'ombre de celui qui marche dans la vallée de la mort. Il fut le premier à éprouver la sensation extatique de toucher au métal, laissant la chaleur courir dans sa main avant de se faufiler dans son bras en passant par l'épaule pour atteindre sa tête qui se mit dès lors à enfler. Mais A.H. n'était pas loin et il lui fit savoir, en termes rassurants, que l'objet pouvait aussi produire ce genre de réactions et qu'il ne fallait pas s'en faire un drame. La foi seule suffisait. T.W. enleva sa main de la presse et regarda A.H. les yeux ruisselants de gratitude de l'avoir ainsi admis dans un cercle aussi restreint et aussi sélect.

Au moment où mon tour arriva, il se faisait tard et A.H. était si las qu'il ne me resta plus de temps pour éprouver les effets qui avaient failli emporter T.W. jusque dans les hauteurs fulgurantes où l'air se raréfie et d'où l'on revient ébloui à jamais par la lumière et les sons dont la séduction vous rend éternellement pantois. Je ne m'entendais pas très bien avec A.H. Je détestais ses vaches que je trouvais enfantines, répétitrices et carolingiennes, bref de l'ordre du babillage visuel. Mais au nom de la liberté d'expression, je m'abstenais de commentaires aussi disgracieux, conscient du fait que A.H. avait fait sa cabale et que tous le reconnaissaient comme leur source d'inspiration, un Jésus crucifié dans le carton, que dis-je, Dieu le père en personne se frayant un chemin dans les nuages pour lui remettre la presse comme autrefois quand, pointant le doigt, il fit surgir Adam de sa glaise originelle.

A.H. était ainsi devenu l'Envoyé, descendu de la montagne les tables à la main. Le problème, c'est que je ne le reconnaissais pas comme tel et lui, me rendant la monnaie, me trouvait sans doute trop théorique, trop fendant et trop perdu dans les finesses modernes. A.H. méprisait la théorie. Son but était ailleurs car il visait de plus en plus le statut de bête visuelle, ce qui ne cadrait pas tout à fait avec son statut d'Envoyé, mais il faut dire qu'il n'en était pas à une contradiction près. Une fois les vaches, merveilleusement et solidement collées dans leur champ de carton, toujours sans acide, A.H. éprouva une certaine lassitude. Peut-être s'était-il écarté de la ligne du parti, à moins qu'il ne fût tombé en disgrâce auprès du Père Éternel, on le vit errer à travers les couloirs de l'école, à la recherche d'une autre religion, flanqué de quelques disciples curieux comme toujours de savoir ce qu'il cachait dans cet immense et lourd cartable alourdi des tables de la loi, même si chacun savait fort bien qu'il ne contenait que du carton, mais avachi cette fois. Devant un ordre du jour aussi chargé, comment aurait-il trouvé le temps de faire part d'une solitude et d'un savoir-faire qu'il gardait maintenant pour lui, persuadé du fait qu'à se perdre dans l'énoncé de son mythe, on finit par devenir l'artisan de ce qui semble, vu de loin, l'enveloppe, la projection ou le mirage de ce qui autrefois faisait corps avec le sens ? A.H. poursuivait son parcours vers la gloire, ce qu'il disait valait cent fois ce qu'il faisait. Il avait signé pour ce parcours-là. Un beau jour, il s'éclipsa pour la grande ville où la gloire eut tôt fait de le rejoindre pour le recouvrir de ses rayons ineffables.

Quant à L.H., lui qui avait béni A.H. en lui procurant l'instrument de son pouvoir, il se retira content d'avoir remis au monde ce qu'il en avait retiré. T.W. disparut dans le soleil couchant, son chapeau western se transformant en une silhouette tremblante d'oubli et trouée d'anonymat.

Quant à moi, je me sens délivré d'avoir écrit ce qui précède car durant longtemps, j'ai gardé ces souvenirs mais, puisque je m'en souviens, je suis bien obligé d'admettre qu'il s'agit là d'un incident mémorable dont il me fallait éventuellement tenir compte. Je suis si heureux d'en avoir fait ici le recensement.

Oscar de la Renta

D'abord l'intrigue d'une page publicitaire dans le *New York Times.* Une photographie montrant une femme qui semble tourner sur elle-même pour faire voir le motif d'un vêtement. Oui, c'est un mannequin. Derrière elle, un homme dans l'embrasure d'une porte et qui sourit. On présume qu'il s'agit d'Oscar de la Renta, le couturier qui aurait dessiné la robe. L'angle de la photo est légèrement incliné, ce qui laisse à penser que le tout est instable, un peu comme si on était sur un navire en train de couler. Le rêve de Diane Arbus, photographe de mode par obligation alimentaire, et qui raconte l'état d'euphorie qui régnait à bord, le son exacerbé de la musique tandis que le navire s'enfonçait dans les eaux glacées de son rêve.

Ensuite le découpage obsessionnel de cette photographie, son recadrage pour en faire une trentaine de versions qui, côte à côte sur la feuille d'imprimerie, forment une bande dessinée. Puis cette feuille redécoupée pour en faire des images collées dans un livre ayant pour titre : *Oscar de la Renta and Other More or Less Related Stories.* L'histoire se passe aux États-Unis, les Américains ne sont pas obligés d'être bilingues. Ils sont souverains : le monde parle comme eux. C'est pratique.

À côté de chaque image, sur la page de gauche, un texte trouvé. On suppose, vivant dans la société saturée d'images qui nous habite, qu'il y a un lien puisque le texte explique toujours l'image. C'est un territoire à perte de vue où l'on voit tant de choses étranges et merveilleuses. Il n'y a rien de nouveau sauf qu'ici le texte se retrouve isolé, démuni devant une image qu'il ne peut contenir. Quant à l'image, elle peut enfin errer et se laisser culbuter comme bon lui semble. C'est ainsi qu'on voit apparaître le pied de la femme en contrepoids d'une annonce proposant la vente d'une prothèse miraculeuse permettant aux hommes d'agrandir la dimension de leur organe reproducteur. Un progrès dont l'humanité ne se remettra sûrement pas. La relation image-texte, masculin-féminin, une image, un texte. Une relation qui enchante et obsède quand elle ne fait pas souffrir. Les apparences trompeuses et tout ce qui reluit.

De cette relation problématique naquit le sens et tout ce qui s'ensuit. La poésie ne fait rien d'autre que de redécouper à l'infini cette dimension, proposant d'autres avenues, récompensant les éblouissements et apprivoisant les éclairs de génie. Oscar de la Renta, son sourire énigmatique, telle une nouvelle Joconde dans la porte du *New York Times.* Qui eut cru en une telle métamorphose ?

Giotto

Je ne me souviens plus de l'année. Un autre voyage. En Italie du Nord cette fois. D'autres lieux à vérifier, à inventorier, à cataloguer quand on sait que la mémoire est déjà saturée de tant d'impressions qui ne feront que se détériorer à moins d'y allouer de nouvelles sommes de capital mémoire. La section culturelle de l'Italie. À Florence, tournée habituelle : le Baptistère, le Musée des Offices, le couvent où Fra Angelico peignit ses fresques ou peut-être ses miracles. À Brescia, rencontre de Achille Cavellini, artiste millionnaire et excentrique s'étant constitué en personnage célèbre et qui me remit un numéro de *Playboy*, édition italienne, dans lequel on le voit écrire sa vie sur le corps nu de deux jolies femmes. Deux pleins corps d'écriture, quelle abondance, quelle récolte. Mais le véritable miracle se produisit cette année-là à Padoue.

Il faisait froid, c'était l'hiver quand la voiture freina au milieu d'un après-midi encastré dans une lumière historique, une lumière de chef-d'œuvre qui donne à rêver qu'on est véritablement ailleurs, dans un autre temps avec l'illusion que l'espace ne s'est guère modifié. Le gardien ouvrit la porte en fer forgé puis débarrassa la porte de la chapelle contenant, comme un reliquaire, les célèbres fresques que Giotto peignit dans la chapelle de l'Arena. Les rendez-vous que l'on prend avec la beauté sont toujours imprévus et fulgurants. J'avais vu, dans les livres de la collection Time-Life, les œuvres de l'artiste. *Giotto et son temps.* La vision des originaux est souvent décevante, mais ici cette vision transcendait, et de beaucoup, tout ce qu'il m'avait été donné de voir. Ce n'était pas l'effet d'un déjà-vu quelconque non plus que la croyance en une réincarnation romantique où je me voyais en artiste-domestique d'un prince-guerrier fou qui commandait un ouvrage monumental pour sa plus grande gloire future ou pour le pardon de son orgueil passé.

Non, ici c'était un sentiment semblable à celui que l'on éprouve dans la cathédrale de Chartres ou l'abbaye du Mont-Saint-Michel. Le sentiment intense d'une réalité enfuie ayant pris refuge dans ces pierres, ces couleurs, cette lumière. Le sentiment intense d'une ferveur traversant les siècles et, pour un long moment, je me suis pris à penser que je ne croyais à rien, à rien de fulgurant en tout cas, à rien qui puisse motiver le don total de ma vie. Je vivais dans une époque d'attente et, comme beaucoup d'autres, j'endossais les évangiles du cynisme et de la dérision. Qu'arriverait-il si j'apprenais que je m'étais trompé sur toute la ligne ? Comment arriverais-je à me justifier pareille erreur ? Attendre. Le ciel menaçant et déplorable sur nos têtes. J'habitais une époque où l'air tari risquait de tout compromettre dans les retombées d'un nuage empoisonné, téléguidé ou numérisé.

Tout à coup le ciel de Giotto m'apparut comme limpide, dégagé des contraintes et des craintes qui me faisaient croire à un firmament autre que celui de la damnation éternelle. Ce n'était pas non plus le sentiment de vouloir changer d'époque, non plus que d'entonner au luth la complainte du bon vieux temps. Je voulais rester dans mon siècle, mais je voulais aussi ce ciel-là criblé d'étoiles s'étalant sur le transept lacté de la fresque, ces personnages-là dans leurs poses solides et primitives, hiératiques et charnelles, ces couleurs-là délavées et sincères comme le passage craquelé du temps.

Le fait que Giotto ne peignait pas pour s'insérer dans un système critique ou un *isme* quelconque, mais qu'il s'exprimait comme le porteur d'une foi commune. Peut-être en fut-il autrement, mais je croyais à cette peinture-là de la même manière, je suppose, que par une obsession toute contemporaine nous croyons aveuglément aux 525 – bientôt 3000 – lignes du système vidéo, aux cris stridents d'Internet ou à la guerre des robots. Il fixait les doutes et les artifices d'une époque dans la peinture, le plus fidèle des systèmes de communication de son époque, un acte de foi pour durer aussi longtemps que les électrons qui se défont sur nos écrans, laissant un ciel vide et fragile derrière la fusée qui s'enfonce dans l'espace contenant notre acte de foi à nous, codé dans les rondelles de silicone et les derniers cris de la science.

Giotto, aux commandes, innovait et performait dans un langage commun. Les gens viendraient de loin, viendraient longtemps, regarder ses images et se perdre dans sa vision du paradis, les grands événements qu'il dépeignait comme un grand reporter qui signe de sa voix rassurante la vision approximative de son témoignage. Ici Giotto, je vous ai parlé du mont des Oliviers. En arrière-fond et un peu plus flou au milieu de la nuit, c'est à peine si on discerne la figure du Christ à genoux, ses vêtements imbibés du sang de sa transpiration divine.

Le froid pénétrait la pierre, dans la campagne les paysans rassemblaient des fagots, les lourdes tapisseries servaient d'isolant à l'humidité envahissant les châteaux des princes, le pas des chevaux dans la campagne toscane, la boucherie du temps des fêtes, l'odeur de l'encens se dissipant pour faire place à la ferveur de sa vision, comme des vitraux remplis de lumière mais dont l'éclat ici ne dépend plus de la lumière ; un rayonnement provenant de ces corps habités, de ces lieux où les personnages sont autrement plus importants que le décor dans lequel ils évoluent. L'intensité du bleu, l'honnêteté de ses solutions visuelles, le paradis sur terre.

La pâleur des choses

Quelqu'un avait écrit dans le cahier de visites de la galerie : « C'est comme l'enfance quand on éprouve les sensations de manière nouvelle et si prenante qu'elles continuent de vous habiter toute la vie durant. »

Les fleurs séchées la tête en bas, leurs pétales rigides en contraste avec le voile sali qui leur servait d'arrière-fond, les morceaux de verre brisé transperçant des sacs de nylon, des retailles de tissus imbibés de peinture rouge, mais surtout les fleurs inertes dans leurs sarcophages fragiles, voilà ce qu'elle avait vu et qu'elle emporterait dans ses yeux, transportant cette fragilité et cette fugacité vers d'autres regards, les réinventant et, à la longue, les déformant probablement pour produire d'autres souvenirs exagérés. La terre lointaine où elle s'en irait.

L'hiver quand il n'y a rien à faire, rien d'autre que de mettre en chantier des visions et des moments éphémères, la lueur lointaine de l'été, ses parfums inoubliables et pourtant oubliés, invérifiables pour le moment, dans la chaleur étouffante des calorifères ou des plinthes chauffantes. La neige tombait et sa silhouette dansante derrière ce voile illusoire lui faisait défaut dans son armure de laine, quand elle souriait les mains nues dans ses cheveux d'ange et qu'il dérapait sur la glace pour la faire rire. Tout ça. À cette époque, dans ce moment précis de l'histoire du temps, il avait conçu ce poème, ce monument, ce mausolée fragile et émouvant où il s'étendrait à côté d'elle comme dans les tombeaux d'autrefois au temps des reines et des rois, quand la mort apparaissait dans les vitraux, quand le diable rôdait bel et bien sur terre. Heureusement qu'elle le protégeait de son sourire rutilant de tendresse, suivant du doigt la trace de ses erreurs, corrigeant malgré elle le parcours de son destin. Pour qu'il lui invente d'autres images, que son sang ne traverse jamais la mince paroi de son cœur et qu'il regarde longtemps le même océan qu'elle. Tout ça, elle le faisait si bien, surtout quand elle faisait la démonstration de faire fondre l'hiver autour d'elle, mais ça elle le faisait en secret, un miracle pour prouver aux croyants que l'amour existe.

Un jour, il entreprit de faire des photos, le dernier jour, le lendemain il allait décrocher les roses et jeter le tout dans une boîte de carton. La magie s'évanouirait, elle qui devait rester anonyme et secrète. Il avait transgressé son interdit. Elle fit en sorte que les images s'évanouissent, qu'elles avortent dans l'appareil même, qu'elles soient oubliées dans le révélateur, qu'il n'en reste que le halo, pâle et estompé, ses cheveux blonds dans la neige. Une variation à l'infini sur le fait que toute chose finit par faire son temps et passer comme le reste. Seuls les souvenirs sont éternels comme la pluie.

Profanations

I knew these people, these two people, they were in love with each other.

C'est ainsi que commence l'un des monologues les plus émouvants de toute l'histoire du cinéma. Celui de l'homme dans la cabine d'un *peep-show* où il rencontre sa femme qui, comme elle ne le voit pas, lui demande si elle doit enlever son chandail. Une phrase liminaire pour toute relation amoureuse dans un siècle où tout est accessoire et interchangeable. Chaque fois qu'elle me revient en mémoire, je pense aux gens que j'ai connus, au temps où ils étaient heureux, au temps où une partie de leur bonheur a rejailli sur moi, cet état de grâce qui nous donne un avant-goût du ciel quand nous avions la sensation qu'il existait ou que nous l'attendions.

Paris-Texas de Wim Wenders est fondé sur le mythe d'Orphée aux enfers, celui de l'homme qui ne doit pas se retourner, comme la femme de Lot qui, durant l'explosion atomique de Sodome et Gomorrhe, sera changée en statue de sel, sort semblable à celui de certaines victimes d'Hiroshima pétrifiées sur place. Les relations hommes-femmes, cette guerre continuelle où le bonheur est conditionnel, cette trêve entre deux guerres. Une longue séquence où il ne se passe rien d'autre que le poids des mots et le désir de pouvoir se dire une fois pour toutes. De s'avouer à tout jamais même si le projet lui-même prend, dans le simple fait de l'énoncer, des allures dérisoires. Le trajet millénaire de l'homme venu rendre l'enfant à sa mère.

– Pourquoi ne l'as-tu pas gardé avec toi, Jane ?

– Je ne voulais pas me servir de lui pour remplir tout ce qui était vide en moi.

En traversant une forêt, un après-midi de printemps, il s'est souvenu de la phrase qui ouvre le livre des souvenirs. Elle regardait le vert de la forêt de ses yeux verts et pour un instant, il s'est demandé lequel des deux avait volé la couleur à l'autre. En longeant un cours d'eau, il s'est aperçu que, de l'autre côté de la rivière, on enterrait quelqu'un tandis qu'il reprenait vie dans le mystère de ces yeux-là. Il avait oublié qu'un jour lui aussi serait bien obligé de fonctionner dans le monde des fragments, petits moments miraculeusement sauvegardés au cœur de la tourmente, un silence protecteur, une énigme lumineuse.

Puis il entreprit la longue marche qui devait l'emmener jusqu'aux enfers. Désormais condamné à marcher sa vie durant, il irait là où le temps le pousserait, sans repos et sans ressources, se retrouvant parmi ceux qui jadis habitaient le continent de l'amour et qu'on exila, à leur corps défendant, dans l'île lointaine du chagrin.

La photo américaine après les années cinquante

L'humidité glaciale mordait jusqu'au cœur. Janvier 1985 à Paris. J'allais faire part du résultat décevant de mes recherches sur la photographie américaine. Quelques minutes avant ma soutenance, mon directeur de thèse me prit à part pour me dire que mon document était bourré de fautes, une vieille manie de ne jamais accorder d'importance au médium pour tout reporter sur le propos.

Je pris une chambre à l'hôtel du Parc Montsouris, non loin du lac où jadis j'avais passé tant d'heures à regarder les canards nager devant ce restaurant où je ne suis jamais entré.

Les bancs légendaires de la Sorbonne et cette anarchie convulsive des rassemblements parisiens. Je revoyais sa figure filigrane et ses yeux perclus dans le maquillage. Son regard étranger traversant cette salle étrange, son insistance et ses mots électrisants dans le papier quadrillé. Une voiture, lancée à pleine allure, traversant la ville au milieu des affirmations lapidaires qui n'ont de sens que dans l'intervalle des battements du cœur. Mon étrangeté, son étrangeté et la lettre Z qui enclenchait son nom comme l'éclair, comme une déchirure sabrant dans la nuit son regard fixe comme cette vitesse qui nous consumait.

Paris, janvier, 1985. Je vous écris du bout du monde. Je n'entends plus votre rire dans l'espace dont nous nous sommes jadis enfuis, oubliant les gens qui nous aimaient et qui s'inquiétaient quelque part à l'idée que la vie soit si injuste. J'entends encore les cris de cet homme par terre, vu de loin, que l'on insultait en le rouant de coups de pied. Lui aussi devait croire à l'injustice de la vie. Une vision instantanée, mais l'éclairage insuffisant pour en conserver la vision précise. Je me rappelle les cris, les insultes. Je ne peux pas les répéter.

La photo à ses débuts était un art de l'identité. Comme avec toutes les formes d'expression, on se prit à croire qu'il s'agissait là de la réalité. « C'est moi. Regarde. » Puis les choses évoluèrent. Le temps passa. On découvrit le moyen d'y accéder plus rapidement et d'accélérer le procédé. On se voyait en photo. « C'est une photo de moi. Tu as vu ? » Puis la photo se répandit partout. Elle recouvrit le monde d'une mince pellicule où l'on pouvait se mirer sous toutes sortes de déformations. « Ce n'est qu'une photo et ce n'est rien. Ce n'est plus que moi qui ferme les yeux, qui ouvre la bouche ou qui détourne la tête. Je serai mieux dans le prochain millième de seconde. Je serai sublime. Je ne mourrai jamais. Vous verrez. » Voilà ce que j'avais à dire sur la photo. Un long et obsédant passage de l'identité au signe. Voilà. Merci.

Cet après-midi-là, nous avions décidé de nous immortaliser, la preuve que nous étions bel et bien dans la Ville lumière. Nous avions marché à pied jusqu'au Palais de Chaillot, vers la plus belle vue de la tour Eiffel. Là même où Hitler, aux petites heures d'un matin victorieux de 1940, vint faire la petite danse que plusieurs, comme moi, ont vue dans les archives de l'époque, alors qu'il frappe les pierres de son fouet, jubilant à la réalisation de sa prophétie, une performance gravée à tout jamais dans les annales fragiles du XXe siècle.

Nous aussi, nous avions des archives. L'une de ces photos nous montre devant le jet d'eau des fontaines du Trocadéro. Il y a une sorte de triomphe dans le regard, né du fait qu'on soit venus d'aussi loin. J'étais là. La photo comme graffiti, comme moyen de dissiper le doute. Preuve à l'appui.

Ils étaient là. J'étais venu les voir. Ils avaient lu mes conclusions. J'avais lu leur nom dans les articles savants que je lisais pour me justifier et maintenant, c'était à eux de sanctionner les conclusions de ce texte trop long, de cet exercice solitaire d'écriture dont les 800 pages m'allongeaient le bras vers le sol. Le tout se produisit dans un temps très court. On ne me parla pas des fautes de français, on me fit part du fait qu'il aurait dû y avoir plus de photocopies illustrant mon propos. Je pensais aux rires dans les pierres et à la solitude d'habiter cet espace que nous avions déserté pour colporter ailleurs nos illusions.

De mémoire, je revoyais cette traversée de Paris à toute vitesse, son corps près du mien, imbibé de ce malaise futuriste que nous n'arrivions pas à évacuer. Tandis qu'il conduisait, commentant à voix haute l'état de notre confusion, trouvant les moyens détournés de lui avouer, à des degrés divers, son désir pour elle, notre désir commun en fait, entretenant avec elle une lente et obsédante trajectoire.

1985. Paris en janvier. La ville est redevenue cet espace sophistiqué, élégant, nerveux, un amas de souvenirs, un tissu de mensonges. Ce qui manquera le plus cruellement à jamais ou désormais, c'est cette chaleur et le bruit lumineux du soleil sur les boulevards, la verdure du parc qui se fondait dans l'eau sévère du lac, le bruit des fontaines canonnant leur jet d'eau dans les conversations du dimanche, la mélancolie des lendemains d'alcool, ce décalage qui nous sépare un tant soit peu de la sensation et des rires, des chansons, de la paresse consentie à l'idée de perdre son temps et de l'indolence d'habiter le monde des images qui peuplent nos archives indélébiles et pourtant si éphémères.

Table

Cet ouvrage
composé en Berthold Baskerville corps 11 sur 14
a été achevé d'imprimer
en avril deux mille
sur les presses de
Marc Veilleux imprimeur,
à Boucherville (Québec).